달
의

조
각

불완전해서 소중한 것들을 위한 기록
달의 조각

초판 1쇄 발행 2018년 10월 30일
초판 4쇄 발행 2020년 7월 20일

지은이 하현

책임편집 김소영
디자인 Aleph design

펴낸이 최현준·김소영
펴낸곳 빌리버튼
출판등록 제 2016-000166호
주소 서울시 마포구 월드컵로 10길 28, 202호
전화 02-338-9271 I **팩스** 02-338-9272
메일 contents@billybutton.co.kr

ISBN 979-11-88545-33-9 03810
ⓒ 하현, 2018, Printed in Korea

이 도서의 국립중앙도서관 출판예정도서목록(CIP)은 서지정보유통지원시스템 홈페이지(http://seoji.nl.go.kr)와
국가자료공동목록시스템(http://www.nl.go.kr/kolisnet)에서 이용하실 수 있습니다.(CIP제어번호:CIP2018032389)

불완전해서 소중한 것들을 위한 기록

달의 조각

하현 지음

빌리버튼 billybutton

삶이 현실에 베이는 날이 있다. 그런 날이면 우린 마음이 따스한 사람을 만나 위로를 받거나 서점으로 달려가 따뜻한 글이 가득한 책을 읽는다. 작가 하현이 소소한 일상에서 건져 올린 생각과 문장에는 정겨움과 포근함이 묻어난다. 그녀가 펼쳐놓은 활자를 산책로 삼아 걷다 보면, 깊이 파헤쳐진 마음의 바닥에서 어느새 새살이 돋아날지 모른다.

— 이기주, 《언어의 온도》 작가

여기, 누군가의 마음에서 꺼내온 기억들이 모인 책이 있다. 눈에 담고 또박또박 소리 내어 읽고 싶은, 작은 조약돌이 만든 잔잔한 파장처럼 마음을 일렁이게 만드는, 두고두고 읽고 싶은 페이지 사이에 꽃갈피를 넣어둔, 지금 당신에게 건네고 싶은 책이 있다.

— 정지혜, 〈사적인서점〉 대표

청춘은, 여물지 않은 마음은 아름답다. 어느새 어른이 되어 굳어버린 우리들의 마음에 따뜻한 온기를 전해주는, 그래서 애틋함과 그리움을 불러일으키는 하현의 글. 청춘이기에 쓸 수 있는 섬세한 문장. 누군가는 현재 청춘을 지나고 있으며 누군가는 이미 청춘을 지나쳤겠지만, 누구도 청춘이 아니었던 적은 없기에, 누구도 하현의 문장에 공감하지 않을 수는 없을 것이다.

— 김수현, 편집자

초승달로 태어나 환하고 둥근 보름달이 되기까지 보이지 않는 달무리는 짙은 어둠이 드리운 날에도 나를 비춰주었다. 아직 차오르지 못한 반달을 닮은 이 책이 지친 당신의 삶에 한 조각 위로가 되기를.

— 안녕하신가영, 싱어송라이터

겨울의 당신에게

창밖의 공기에서 겨울 냄새가 느껴지면
어쩔 수 없이 조금 설레고 맙니다.
편애하는 계절이 다가오는 기척이기 때문이겠지요.
사람은 결국 태어난 계절을 가장 좋아하게 된다는 말은
사실일까요.
그 말의 기준이 되는 사람으로 오래 살아왔습니다.

겨울이었습니다.

어둠을 헤치고 나와 세상의 빛을 본 것은,
어떤 이름으로 불리게 된 것은,

기쁨과 슬픔을 배우기 시작한 것은,
빨갛고 부드러운 과일을 탐하게 된 것은,
독하게 앓아 본 것은,
한 시절을 걸었던 무언가를 포기한 것은,
고양이의 발바닥을 만져 본 것은.
대단히 많은 처음이 그 계절에 있었습니다.
좋은 것이든 나쁜 것이든 아직 잊지 못했습니다.

그리고 다시 겨울이었습니다.

본격적으로 글을 쓰기 시작한 것은,

새로운 이름을 얻은 것은,
그 이름이 적힌 책을 품에 안게 된 것은.
한 권의 책을 냈다는 사실만으로
삶이 달라지지는 않았지만
그럼에도 분명하게 달라진 것들이 있었습니다.

여전히 그 혹독한 계절을 사랑합니다.
가장 추운 날 가장 큰 힘이 되었던
서로의 온기 덕분입니다.
서툰 글에 마음을 내어 주신 당신께
그때 말하지 못한 몇 장의 비밀을 속삭입니다.
받은 온기에 대한 조그만 보답이 되었으면 좋겠습니다.

유난히 사나웠던 여름을 지나
겨울을 기다리며 이 편지를 씁니다.
멀리 또 가까이서 당신의 안녕을 소망합니다.

보
내
는
편
지

나
와
당
신
에
게

반
달
을
닮
은

달이 몇 번 모습을 바꾸고 나면 한 달이 지나가고, 우리가 몇 번 모습을 바꾸고 나면 한 시절이 지나갑니다. 세상은 강요합니다. 모두가 보름에 머물러 있기를, 더 크고 밝은 빛을 내기를. 가장 이상적인 동시에 정상적인 모습. 시절은 보름을 향해 흘러야 한다고.

하지만 보름을 향해 차오르고 있거나 이미 보름을 지나 기울어 가는 달. 그런 모습의 달에게 더 마음이 갑니다. 그 대상이 무엇이든 부족함이 없는 것들에게선 왠지 모를 거리감을 느껴요. 불완전한 것들에게 애정을 쏟게 되는 것도 어쩌면 같은 이유에서입니다.

반달을 닮은 글을 쓰고 싶습니다. 둥글게 차오르지 못한 글이지만 마음을 다해 읽어 주신다면 우리는 서로의 부족함을 채우며 보름달보다 밝은 빛을 낼 수 있지 않을까요. 불완전한 시절 속에서 끊임없이 차고 기우는 달을 바라보며 했던 생각들. 그 생각의 조각들이 모여 《달의 조각》이 되었습니다. 세상 모든 반달에게 말하고 싶어요. 반달의 우리는 충분히 아름다워요. 보름달이 되려 너무 애쓰지 말아요. 보름달은 한 달에 단 하루. 가장 짧은 시간을 스치고 사라집니다.

결국, 모두가 미완의 세계에 삽니다.

미완의 세계에서

당신의 이웃, 하현

1

적당히 차가운 무관심

4

미지근한 온기

5

숨바꼭질

1

적당히 차가운 무관심

사람에게 실망하는 일이 줄어들었다. 관계 속에서 크고 작은 상처를 입을 때마다 나는 하나씩 뾰족한 가시를 만들었다. 나를 지킨다는 핑계로. 마음을 다치고 싶지 않아서. 어느 날 문득 추위를 느꼈다. 더 이상 그 어떤 관계에서도 무언가를 기대하지 않게 되었을 때. 거울 속의 나는 고슴도치였다. 가시를 잔뜩 세운, 그래서 누구도 끌어안을 수 없는.

마음을 재우는 시간

가끔 우리도 겨울잠을 잤으면 좋겠다는 생각을 한다. 지나간 계절들을 살아오며 지쳤던 마음이 아무런 생각도 하지 않고 가만히 누워 긴 잠을 잘 수 있었으면. 행복과 불행, 기대와 실망, 사랑과 미움 같은 건 전부 내려놓고서. 그러면 아마 조금 더 건강한 마음으로 봄을 맞을 수 있겠지. 다음 계절의 상처에 지금보다 무뎌질 수 있겠지. 우리에게는 마음을 재우는 시간이 필요하다.

)

불안한 청춘, 그 무한한 가능성의 크기만큼

요즘은 폐소공포증 치료 때문에 2주에 한 번씩 병원에 간다. 첫 진료를 받기 전 문진표를 작성했을 때, 불안감 항목에 대한 점수가 평균보다 조금 높게 나왔다. 상담을 하며 의사 선생님이 물었다. 지금 가장 불안한 게 뭐예요? 나는 말했다. 지금 나를 가장 불안하게 만드는 것은 무엇 하나 확실한 게 없는 나의 미래라고. 뜻밖의 대답이 돌아왔다. 나의 불안함이 부럽다고 하는.

그날의 상담 내용은 그랬다. 성숙과 미성숙, 메이저와 마이너, 선과 악, 애정과 증오. 어떤 경계에 발을 걸치고 있는 것들은 자주 불안함을 느낀다. 그래서 수많은 경계를 걷는 청춘은 다른 시절보다 더 크게 흔들린다. 하지만 그 흔들림은 무한한 가능성에서 생겨난다. 청춘이라는 시절이 발을 딛고 있는 반대쪽 땅은 가능성이다. 이미 무언가가 된 사람들이 가지고 있는 것과는 다른 종류의.

우리의 청춘은 경계에 있다. 무엇도 될 수 없고, 무엇도 될 수 있는. 수많은 사람들이 입을 모아 청춘이라는 시절을 아름답다 말하는 것은 바로 그 가능성 때문이지 않을까. 그날, 상담실을 나오며 나의 불안을 인생의 어느 한 시절에서만 누릴 수 있는 특권이라고 생각하기로 했다. 언젠가 나에게도 지금 이 불안을 부러워하는 날이 올 것을 안다. 그러니 조금은 여유로운 마음으로 흔들림을 즐기기로 했다. 나는 오늘도 경계를 걷는다. 무엇도 아니지만 무엇이든 될 수 있는 모습으로. 아직 청춘이라는 이름 속에서.

섬

그런 날이 있어. 나만 빼고 온 세상이 바쁘게 흘러가는 것 같은 느낌이 드는 날. 왜, 우리 어릴 때 그랬었잖아. 동네 아줌마들이랑 수다를 떨면서 뭐가 그렇게 재밌는지 깔깔깔 웃는 엄마에게 다가가 불쑥 끼어들면 '넌 저리가, 애들은 몰라도 돼.' 하고 쫓아내던 거, 기억나? 나는 이제 어린애도 아니고, 몰라도 되는 것도 별로 없는데 문득 그때의 기분을 다시 느낄 때가 있어.

유난히 고단한 하루를 보내고 누군가의 목소리가 필요해 누른 번호들이 모두 통화 중일 때, 주말 저녁이 너무도 조용할 때, 따뜻한 밥 한 끼 나눌 사람이 없을 때. 너도, 재도, 개도 도대체 뭐가 그렇게 바쁜 걸까. 내 하루는 이렇게 지루한데. 나는 일상의 바다를 둥둥 떠다니고, 사람들은 모두 새가 되어 날아가. 저기 멀리, 나는 닿을 수 없는 곳으로.

발견

아프다, 힘들다 말하는 건 늘 어려운 일이었다. 나 지금 따뜻한 관심이 필요해, 그렇게 말하는 건 왠지 부끄러웠다. 가끔 당당한 태도로 관심을 요구하는 사람들을 만날 때면 나도 모르게 질투가 났다. 나에게는 이토록 어려운 일이 누군가에게는 아무렇지 않은 일이라는 것을 피부로 느낄 때. 그러면서도 속으로는 누군가 알아줬으면 했다. 너 지금 힘들구나, 손을 내밀어 줬으면 했다. 아주 깊이 꼭꼭 숨어 놓고서 나를 찾기 전까지 이 숨바꼭질이 끝나지 않기를 바랐다.

나는 숨바꼭질을 잘했다. 술래에게 발견되지 않고 맨 마지막까지 남아 있는 건 언제나 나였다. 너무 꼭꼭 숨어 버려서 가끔은 나를 찾지 못한 채 놀이가 끝나 버리는 날도 있었다. 말하고 싶었다, 나를 찾기 전에 집으로 가버리면 안 돼. 머리카락 하나 보이지 않게 숨어 놓고서. 발견되고 싶었다, 아무도 찾지 못할 곳에 숨어 놓고서.

학창시절 아이들은 적게는 세 명, 많게는 일곱 명 정도 되는 무리를 만들어 학교생활을 했다. '이상한 애'가 되지 않기 위해서는 어떤 무리에든 속해야만 했다. 그 시절 우리에게 소속감은 중요했다. 쉬는 시간마다 우르르 모여 떠들고, 책상을 붙이고 앉아 점심을 먹고, 함께 하교하는 각자의 무리. 나는 자주 혼자이고 싶었지만 정말 혼자 남겨질 용기는 없었다. 마음이 맞지 않는 친구들 틈에 있을 때면 어딘가에 갇혀 있는 기분이 들었다. 교복 입은 내 모습이 가물가물해진 지금, 나는 이제 어떤 무리에 속하려 애쓰지 않는다. '이상한 애'가 되는 일이 예전처럼 두렵지 않다. 나는 내가 되고 싶다. 어떤 무리가 아닌 나에게 소속되고 싶다.

)
사
이

밤과 새벽의 사이에서, 여름과 가을의 사이에서, 그리움과 후회의 사이에서. 이따금 당신은 그 사이에서 빼꼼 고개를 내밀었다가 인사를 건넬 틈도 없이 다시 사라지곤 했다. 사이의 것들은 불친절해서 잡힐 듯 잡히지 않고, 당신은 접힐 듯 접히지 않는다. 유난히 꼬리가 긴 사랑의 뒷모습을 바라볼 때면 나는 차라리 도마뱀이 되고 싶었다. 언제부턴가 손톱을 물어뜯는 버릇이 생겼다. 물어뜯은 손톱은 깎은 손톱처럼 반듯하지 못하고, 당신이 뜯겨나간 내 마음 역시 그랬다.

낭
만

낭만이 사라진 밤,
우리는 무엇을 바라보며 흔들려야 하나.

— 낭만이 사라진 일, 낭만이 사라진 사랑,
낭만이 사라진 삶 속에서 우리는 또 무엇을 어떻게.

어둡지만 환했고, 늦었지만 일렀고, 차갑지만 따뜻했던 당신은
느리지만 빠르게 사라져 버렸지. 노을이 지나간 자리에서 아침
을 기다리다 마주친 동틀 무렵의 새벽 같은 사람아. 결국 당신
없이는 어떤 아침도 밝을 수 없어서 나는 아직 밤이다.

모든 일에는 그 일이 그렇게 된 그럴만한 이유와 과정이 있는 건데, 그런 건 알려고도 하지 않고 결과만 보려고 하는 순간이 많아진다. 나는 절대 그런 사람이 되고 싶지 않았는데. 되고 싶은 사람이 되는 일은 생각보다 훨씬 어렵다.

기억을 만지는 일

오랜만에 열어 보는 손 닿을 일 없는 세 번째 서랍 속에서 반쯤 뭉뚝해진 노란 연필 한 자루와 언젠가의 새벽을 써내려갔던 낡은 일기장을 발견하는 일을 좋아합니다. 무심코 뒤적이던 지갑 속에서 몇 달 전 관람했던 전시회의 입장권을 발견하는 일을 좋아합니다. 겨울을 맞아 꺼낸 코트 주머니에서 지난 겨울 마셨던 커피의 영수증을 발견하는 일을 좋아합니다. 기억을 만지는 손끝에서는 온기가 피어나고, 나는 아득한 기분으로 순간을 여행합니다. 그날의 공기가 작은 바람이 되어 불어옵니다.

나는 또 어떤 기억과 함께 지금 이 순간의 나를 찾아올까요. 그때의 손끝에도 작은 온기가 묻어 있었으면 좋겠습니다.

너는 자꾸만 내 마음을 꺼내 만지려고 했지.
사랑은 피곤하고, 나는 아팠어.

어린 시절, 거실에는 커다란 어항이 있었습니다. 물고기는 애완
동물을 간절히 원했던 나와 동물을 별로 좋아하지 않는 엄마의
합의점 같은 것이어서, 우리 집에는 꽤 오랫동안 다양한 물고기
들이 살았습니다. 처음으로 키웠던 것은 색색의 열대어였습니
다. 앙증맞은 크기와 화려한 지느러미가 어찌나 예뻤는지, 물고
기에 별 관심이 없었던 나조차 단숨에 마음을 빼앗기고 말았습
니다.

아무리 봐도 비슷하게 생긴 열대어들에게 하나하나 이름을 붙여 주고, 매일 먹이를 챙겨 주는 일은 즐거웠습니다. 그런데 날이 갈수록 어항 구석에 파란 이끼가 끼기 시작했습니다. 어항을 청소할 때가 되었던 것이죠. 열대어를 전부 꺼내 작은 대야에 넣어 놓고 아빠는 커다란 유리 어항을 닦았습니다. 사랑하는 열대어를 가까이서 볼 수 있다는 사실에 나는 신이 났습니다.

먹이를 조금씩 뿌려 주며 손끝으로 우르르 몰려드는 열대어들을 구경하다가 조심스럽게 물속으로 손을 넣었습니다. 부드럽게 헤엄치는 지느러미와 조그만 꼬리를 만져 보고 싶었습니다. 손에 닿는 열대어의 감촉이 어땠는지는 기억나지 않습니다. 내 기억에 남은 것은 며칠 뒤 배가 뒤집힌 채 물 위로 떠오른 죽은 열대어의 모습이었습니다. 온도에 민감하고 피부가 연약한 열대어를 맨손으로 만지면 화상을 입을 수도 있다는 사실을 그 후에야 알았습니다.

때로 사랑은 그 대상을 해치기도 합니다. 더 가까워지고 싶은 욕심에 바짝 다가가 좁혀진 거리가 숨을 턱 막히게 하기도 하고, 올바르지 못한 방법으로 전한 뜨거운 관심은 연약한 마음에 화상을 입히기도 합니다. 정말로 사랑한다면 상대가 감당할 수 있는 온도의 애정을 주어야 한다고, 어린 나를 슬프게 만들었던 열대어는 말했습니다.

어쩌면 당신은 영원히 자라고 싶지 않았을지도 모르겠지만, 나를 보살피는 사이 어른이 되고 말았습니다. 물려받은 계절은 여전히 찬란해서 거울을 볼 때면 가끔 슬펐습니다. 이만큼 나는 자라서, 이제 어른이 될 준비를 하고 있습니다.

미성숙과 성숙의 경계에서 당신의 청춘을 떠올려 봅니다. 세상에는 지금의 청춘만큼 한때 청춘이라 불렸던 시절들도 많겠지요. 당신의 청춘을 기억할 수 없다는 사실이 가끔 서럽습니다. 나에게는 당신에게서 빼앗은 것들이 너무도 많습니다.

쌀보다 밀가루를 훨씬 좋아하는 나는 빵에 대한 평가에 매우 관대한 편이다. 텔레비전 맛집 프로그램에 소개된 유명 베이커리의 빵도, 천 원짜리 한 장이면 귀여운 스티커까지 얻을 수 있는 흔한 편의점 빵도 내 입에는 모두 각자의 개성대로 맛있다. 그런데 딱 하나, 토스트만큼은 예외다. 식빵을 구워 그냥 먹거나 잼이나 버터를 발라 먹는 식의 토스트는 내가 까다롭게 구는 유일한 빵이다.

완벽한 토스트는 노란색도 갈색도, 노르스름한 색도 황갈색도 아닌 그 모든 색의 중간 어딘가에 있을법한 색을 띠고 있다. 한

입 깨물면 '바사삭' 소리를 내며 고운 부스러기가 떨어지고, 바삭한 겉과 다르게 결대로 찢어지는 속은 적당한 수분을 머금어 촉촉하고 부드럽다. 잘 구워진 토스트는 무엇도 바르지 않고 먹어도 그 자체로 충분히 맛있다. 빵 특유의 고소함이 입안에 사르르 퍼지는 순간, 나는 쉽게 행복해진다.

하지만 언제나 완벽한 토스트를 만날 수 있는 것은 아니다. 토스트를 완벽하게 굽는 것은 생각보다 어렵다. 가장 중요한 건 타이밍이다. 지금쯤이면 됐을 것 같아 오븐 토스터의 문을 열어보면 아직 허여멀건한 빵이, 바삭한 식감을 내고 싶어 조금 더 욕심을 부리는 사이 너무 구워져 속까지 뻣뻣해진 빵이 고개를 내민다. 딱 한 쪽 남아있던 식빵을 이런 식으로 망쳐 버리면 여간 실망스러운 게 아니다.

정확한 타이밍에 빵을 꺼냈다고 해서 끝난 게 아니다. 다 구워진 토스트를 차가운 접시에 내려놓으면 바닥에 닿는 면이 빵에서 나오는 뜨거운 김 때문에 금세 눅눅해진다. 팬을 꺼내 그대로 두고 먹거나 식힘망 위에서 천천히 식혀야 바삭함을 지켜낼 수 있다. 토스트란 정말 까다로운 음식이다.

그래서 토스트는 관계와 닮았다. 적당한 온도와 시간으로 타인과의 관계를 완벽하게 구워내는 건 어려운 일이다. 관계 속에서 '자, 이쯤이야!' 하는 타이밍을 정확하게 잡아내기 위해서는 엄청난 에너지를 소모해야 한다. 친근함의 표현이 때로는 무례함이 되기도 하고, 반대로 상대를 위한 배려가 때로는 거리를 두는 것처럼 보이기도 한다. 마음은 언제나 알다가도 모르겠고, 인연은 실보다도 가늘어서 잠깐 방심한 사이 뚝 끊어지고 만다.

우리는 관계의 토스트를 구우며 살아가고 있다. 관계에 쉽게 지치는 나는 자주 토스트를 망친다. 너무 빨리 꺼내거나, 너무 오래 구워 버리거나. 잘 익은 관계에서는 고소한 냄새가 난다. 그 냄새를 잊지 못해 다시 새로운 빵을 집어든다. 이번만큼은 꼭 완벽한 토스트를 만들고 말겠다는 다짐과 함께. 때로는 실패하고, 또 때로는 실수해도 우리의 토스트가 가장 맛있는 색으로 구워졌으면 좋겠다.

)

버
려
진
밤

가끔 나도 나를 감당하기 힘든 밤이 있다. 지금 내가 왜 슬픈지,
왜 이런 거지 같은 기분이 드는지 스스로도 이해할 수 없는 날
이 있다. 그런 밤이면 저 끝까지 땅을 파고 들어가 빛 한 줌 들지
않는 깊숙한 곳에 천막 하나를 치고, 그 안에서 누군지도 모를
얼굴을 하염없이 원망한다. 왜 아무도 알아주지 않냐고. 왜 나조
차 나를 보듬을 수 없냐고.

"너는 첫째니까 의젓해야 해."

"너는 여자니까 조신하게 굴어야 해."

"너는 남자니까 이까짓 일로 질질 짜서는 안 돼."

무심코 내뱉는 말의 폭력성을 자각하지 못하는 사람들이 세상에는 너무 많은 것 같습니다. 꼭 칼로만 누군가를 찌를 수 있는 게 아니라는 사실을 왜 모르는 걸까요. 때로 어떤 말들은 칼보다 날카로워요. 그 말이 내가 아끼는 사람의 입에서 나왔을 때는 특히 더 그래요. 말의 모서리를 갈아요. 누군가 내 말의 끝에 찔렸을 때 너무 깊은 상처를 입지 않도록.

차
가
운
달

차가운 달을 한입 먹었어.
너를 그리는 새벽의 마음이
너무 뜨거워 데일 것만 같아서.

그런데 있잖아,
그래도 너는 식지 않더라.

)

지
각
생

멈춘 시계를 보다가 우리는 더 늦지 않으려 서둘러 자리를 뜬
다. 본 적 없는 목적지는 멀었고 계절은 언제나 가장 끝에 있었
다. 걷고 싶어 걷는 날보다 멈추지 못해 걷는 날이 훨씬 많았다.
그런 날이면 어김없이 또 하나, 짙은 멍 자국이 생겼다. 멍든 다
리가 부끄러웠다. 옛 생각을 했다. 우리 마음이 자주 깜빡이던
날들. 내일의 어둠보다 오늘의 희미한 빛이 더 무거웠던 날들.
낡은 신발 속 하얀 발이 나는 하나도 부끄럽지 않았었는데. 멈
춘 시계는 멈추어 있고, 우리는 지금이 낮인지도 밤인지도 모른
채 벌써 저 멀리까지 달려가 숨이 가쁘다.

트로피의 무게

보통의 사람들은 인생을 살며 몇 개의 트로피를 받을까? 지극히 평범한 나는 지금까지 딱 한 개의 트로피를 받았다. 내 인생에서 유일한 그 트로피를 받은 것은 열 살 무렵 나갔던 피아노 콩쿨에서였다.

아직 초등학교 입학도 하기 전. 동네에 새로 생긴 작은 피아노 학원에서 들려오던 음악 소리를 기억한다. 긴 생머리를 한쪽으로 가지런히 넘기고 피아노를 연주하는, 당시 내 눈에는 천사같이 보였던 선생님도. 학원 근처를 지날 때면 한참이나 창문 속 피아노의 세계를 구경하던 내가 피아노를 배우고 싶다고 말하자 엄마는 흔쾌히 허락했다. 그 시절, 남자아이들의 태권도장처럼 여자아이들에게 피아노 학원이란 유년시절을 보내는 하나의 필수 코스와도 같은 것이었다.

몇 번의 이론 수업을 마치고 처음으로 피아노 앞에 앉았을 때, 나는 마치 대단한 피아니스트라도 된 것처럼 허리를 꼿꼿하게 펴고 도레미파솔라시도를 배웠다. 피아노 학원에 가는 건 즐거웠다. 매끄러운 건반은 반짝반짝 빛났고, 월요일마다 바짝 깎은 손톱을 검사받고 먹는 예쁜 사탕은 달콤했다. 암호처럼 생긴 악보를 연주하면 '비행기'나 '곰 세 마리' 같은 익숙한 노래가 나오는 것도 재미있었다. 검은 건반을 처음으로 눌렀을 때, 구경만 하던 페달을 처음으로 밟았을 때는 가슴이 쿵쿵 뛰었다. 그 시절 나의 꿈은 참 바빴다. 피아니스트와 피아노 학원 선생님 사이를 수없이 오가며.

사실 손톱 검사를 받은 뒤 먹는 사탕보다 훨씬 달콤했던 것은 따로 있었다. 그건 바로 칭찬이었다. 배우는 속도가 느려 언제나 다른 친구들에게 칭찬을 양보해야 했던 나에게 피아노는 새로운 세상을 선물했다. 또래보다 빠른 속도로 바이엘을 떼고 동경의 대상이었던 빨간 체르니 교재를 받던 순간, 짧은 인생을 살며 처음으로 느껴 보는 달콤한 우월감이 마냥 좋았다. 나에게도 남들보다 뛰어난 무언가가 있다는 우쭐함이. 체르니 교재가 들어 있는 내 가방을 바라보는 친구들의 부러운 눈길을 받을 때면 기분 좋은 울렁거림이 찾아왔다.

몇 년이 지나고, 학원 친구들과 함께 나간 콩쿨에서 최우수상을 받았다. 반짝이는 금빛 트로피와 학원 간판 아래 현수막에 당당하게 적힌 내 이름을 보며 나는 앞으로도 평생 피아노를 치겠다고 다짐했다. 피아노는 나의 가장 큰 즐거움이었다.

하지만 그 즐거움은 점점 모습을 바꾸기 시작했다. 다른 아이들보다 다섯 번 더 연습하는 것은 당연한 일이 되었다. 다음 콩쿨에서도 상을 받으려면 지금보다 훨씬 많이 연습해야 해. 실수하면 안 돼, 더 정확히 연주해야 해. 칭찬보다 자주 들어야 하는 지적은 피아노에 대한 흥미를 뚝뚝 떨어뜨렸다. 처음의 즐거움이 의무감으로 완전히 변해버리자 몰래 학원을 빠지고 놀이터로 가는 날이 늘었다. 몇 달 뒤, 결국 나는 피아노 학원을 그만두었다.

좋아하는 일에서 의무감을 느끼게 되는 순간의 묘한 기분을 그때 처음 배웠다. 살다 보면 종종 그때의 기분을 다시 마주치곤 한다. 너무도 많은 것들이 의무가 되는 순간 버거워진다. 꿈도, 취미도, 그리고 사람과 사랑도. 우리의 삶이 자주 버거운 것은 어쩌면 그래서일지도 모르겠다. 또 하루를 살아내야 하는 것이, 오늘의 일상을 견뎌내야 하는 것이 나도 모르는 사이에 의무가 되었기 때문에.

더 다니고 싶지 않은 피아노 학원을 그만두듯 반갑지 않은 의무를 쉽게 외면하지 못할 때, 우리는 어른이 된다. 가만히 앉아 있어도 피아노 페달에 발이 닿을 만큼 자란 키와 함께 의무를 저버리지 못할 이유 역시 무럭무럭 자라났다. 이제는 그저 바랄 뿐이다. 버거운 의무 속에서도 처음의 즐거움이 가끔씩 얼굴을 비춰 주기를. 우리가 트로피의 무게를 감당할 수 있도록.

연
필
로
쓴
글

가끔은 노트북을 덮고 연필로 글을 쓴다. 볼펜도 샤프펜슬도 아
닌 빨간 지우개가 달린 노란 연필로. 종이에 글씨를 쓸 때의 사
각거리는 소리도, 손끝에 닿는 차갑지 않은 온도와 나무의 촉감
도 좋지만 내가 연필을 사용하며 가장 좋다고 생각하는 것은 쓰
면 쓸수록 뭉툭하게 닳는 심이다.

그 새까만 심은 생각을 닮았다. 가만히 앉아 글을 쓰다 보면 연
필심과 함께 생각도 닳는다. 막 첫 문장을 쓰기 시작했을 때의
반짝이던 생각은 그리 오래 지속되지 못하고 조금씩 닳아 없어
진다. 그럴 때면 커터칼로 연필을 깎으며 무뎌진 생각을 함께 깎

는다. 나와 같은 속도로 닳아 가는 작은 연필 한 자루에 마음을 기댄다. 연필을 깎는 소리가 귓가에 나직이 속삭인다. 우리는 다시 뾰족해질 수 있다고. 다시 반짝이는 생각을 가져다주겠다고.

그래서 연필로 쓴 글에는 약간의 온기가 더 담겨 있다. 사용하는 사람과 비슷한 호흡을 나누는 도구는 단순한 도구 그 이상의 의미를 가진다. 값비싼 만년필도, 편리한 볼펜도 연필을 완벽하게 대신할 수는 없다고 생각한다. 아무리 세상이 변해도 내 필통 속에는 언제나 반듯하게 깎인 연필 몇 자루가 들어 있을 것이다.

다
정

때때로 찾아오는 감당하기 버거운 다정 앞에서 나는 그것이 다
정이 아니라 말하며 부지런히 발걸음을 옮겨 도망치곤 했었지.
그러면 다정한 다정은 아무런 말이 없고, 자꾸자꾸 뒤를 돌아보
는 나는 뜻도 없는 말을 한참 중얼거렸어.

)

겨
울
예
찬

겨울을 사랑한다. 지금 막 만들어진 것 같은 겨울의 공기는 차
갑고 신선하다. 산소를 잔뜩 머금은 청량한 기운을 들이마시면
몸속이 깨끗하게 정화되는 기분이 든다. 낮은 온도 특유의 신선
함이 온몸 구석구석 스며들어 혈관을 타고 흐른다. 하지만 정말
반가운 것은 겨울에만 느낄 수 있는 어떤 포근함이다. 여름의
더위에 지쳐 바짝 날을 세운 채 예민해졌던 사람들이 하나 둘씩
누군가의 품을 찾아 팔짱을 낀다. 긴 밤의 중간에서 보글보글
끓는 어묵탕과 소주 한 잔을 소중한 사람과 나누어 먹고, 세상
을 온통 하얗게 물들이는 함박눈을 바라보며 더운 김이 피어나
는 커피를 마신다. 색색의 불빛으로 거리를 수놓는 크리스마스

가 찾아올 때쯤이면 지나간 계절 동안 미뤄뒀던 안부 인사를 건네고, 연말과 새해를 핑계로 바쁜 일상 속 잊고 지냈던 사람들을 만난다.

겨울은 그런 계절이다. 저 깊은 곳에 묻어 두었던 마음 한 조각 꺼내는 일을 누구도 이상하게 생각하지 않는 계절. 한동안 쓰지 않았던 손편지를 쓰게 되는 계절. 사람과 사람 사이의 거리가 조금 더 가까워지는 계절. 수많은 시작과 끝, 그 설렘과 아련함이 공존하는 계절.

당장 산으로 바다로 나가 무엇이든 하라고 등을 떠밀던 여름의 주말과 다르게 겨울의 주말은 넓은 품을 벌려 모든 것을 용납한다. 두꺼운 이불 속에 웅크리고 앉아 온종일 귤만 까먹는 것도, 뜨뜻한 전기장판 밖으로 단 한 발짝도 나가지 않는 것도, 이틀째 감지 않은 머리를 긁적이며 텔레비전 앞에서 리모컨만 만지작거리고 있는 것도. 그 어떤 게으름도 겨울이라는 단어 뒤에 잠시 몸을 숨긴다.

앓는 것조차 좋다. 연중행사처럼 찾아오는 독감에 걸려 하룻밤을 꼬박 앓다 늦은 밤 깨어나 마시는 차가운 물 한 컵은 생명의 맛이다. 지금 이 시간, 여전히 살아있다는 사실만으로도 자신을 기특하게 여길 수 있다. 미련하다는 말을 들으면서도 약 없이 온전히 나의 힘으로 이겨낸 아픔은 나를 단단하게 만들고, 더 혹독한 추위를 견뎌낼 용기를 준다.

겨울에 태어난 나는 누가 뭐래도 겨울이 좋다. 꽃과 초록으로 물든 계절보다 하얗게 모든 것을 뒤덮으며 눈부신 무의 세계를 펼치는 그 차가운 계절을 사랑한다.

경
칩

마음이 추운 날이면 당신 생각을 했다.
나를 녹이는 유일한 사람의 온기에
스르륵 녹아내려 사라지고 싶은 날이면.

— 가장 늦게 깨어나는 개구리에게 봄은 겨울보다 외롭다.

잠수

우리 저 깜깜한 바닷속으로 가자, 내가 말하면
사실 나 그 말을 기다리고 있었어
그렇게 함께 사라질 사람을 찾고 있어.

벗어 둔 신발 곱게 포개어 놓고
내 마음에 네 마음 더해
딱 그 무게만큼만 저 아래로 가라앉자.

　　─ 물속에서 숨 쉬는 법을 가르쳐 줄게.
　　　나에게 자꾸만 떠오를 것을 강요하지 말아 줘.

초

너의 생일을 축하하는 자리에서 나는 그런 생각을 했어. 지금 이
시간을 공유하며 슬픔을 느끼는 건 저기 달콤한 케이크 위의 가
느다란 초 하나겠구나. 뜨거운 눈물을 뚝뚝 흘려도, 데인 마음이
뭉텅이로 떨어져 내려도 알아주는 이 하나 없겠지. 작은 연기는
너무 쉽게 사라지고, 매캐한 냄새조차 공중으로 흩어지겠지.

서로의 온기를 나누는 사람들 틈에서 차갑게 식어 굳어 가는 마
음을 안고. 모두가 웃고 떠드는 사이, 한없이 행복한 밤으로 기
억될 시간 속에서.

차가운 새벽이 당신을 삼킬 때, 내 손을 잡아요.

착각

사랑이 넘치는 세상이다. 쉽고 빠르고 간편하게 사랑은 여기에
도 저기에도 찾아온다. 봄 공기를 간지럽히던 민들레 홀씨는 몇
개의 새싹으로 돋아날까. 오늘 밤, 또 몇 개의 마음이 사랑의 탈
을 쓸까.

그래도 나는 사랑이라는 단어가 지금보다 무거웠으면 좋겠다.
'좋아해'라는 말과 '사랑해'라는 말의 거리가 지금보다 조금 더
멀었으면 좋겠다. 우리는 너무 자주 사랑을 착각한다. 어떤 불행
은 그렇게 시작된다.

실
수

너무 쉽게 영원을 말하는 당신 역시 영원하지 않을 것이라는 사실쯤은 애초에 알고 있었다. 그럼에도 싱거운 고백에 고개를 끄덕이며 옅은 미소를 흘렸던 건, 세상 가장 유약하고 불안정한 감정에 기대를 거는 당신의 순수함이 예뻐서. 그 무모한 눈빛이 울컥할 만큼 맑아서. 사랑 앞에서 우리는 언제나 알면서도 속기로 한다. 또 한 번 같은 실수를 반복하기로 한다.

파
도

하얗게 부서지는 파도 한 조각 눈에 담으려는 나를
저기 저 아득한 곳까지 끌어당긴 건 너였는데,
물기 어린 손이 차가워 더는 잡을 수 없다 말하면
나는 가라앉을 수도 떠오를 수도 없이
젖은 손만 원망하며 넘실대고 있잖니.

파도에 갇혀,
네가 남긴 시간에 갇혀.

　　― 그해 여름, 우리는 물속에서 불장난을 했다.

감
정
낭
비

고작 몇 번의 계절이 지나고 나면 얼굴조차 기억나지 않을 사람들 때문에 너무 많이 상처 받고 고민하지 말아요. 때로 놓을 사람은 놓을 줄도 알아야 내 사람들에게 더 많은 자리를 내어 줄 수 있으니. 지금 나를 힘들게 하는 사람의 절반은 다음 이 계절 내 곁에 없을 사람이라는 것을 기억하세요.

폐휴지 손수레와 골프채 풀세트

어느 해 여름, 동네 베이커리 카페에서 아르바이트를 했다. 새로 생긴 초고층 주상복합 건물은 모든 것이 반짝반짝 빛났다. 2층에 위치한 가게에서는 항상 맛있는 냄새가 났다. 프랑스산 버터와 유기농 밀가루를 사용해 하나하나 손으로 만든 빵은 보기에도 참 건강했다. 가게를 찾는 손님들은 주로 근처에 거주하는 노인들과 아이를 키우는 젊은 엄마들이었다.

부유한 노년을 보내는 그들의 표정에는 여유가 넘쳤다. 다음 독서 모임은 여기서 하는 것도 나쁘지 않겠네요. 내가 이번에 골프채를 바꾸려고 하는데 말이야, 어느 브랜드가 좋을까? 아, 제가 필드에 나가 보니 골프채는 적어도 종류별로 하나씩……. 건강을 위해 시럽을 넣지 않은 라떼를 마시며 그들은 주로 이런 대화를 나눴다.

유모차를 끌고 오는 그들은 깐깐했다. "이거 우리 애가 먹을 건데 진짜 유기농 밀가루 맞아요?", "이 빵에는 어느 나라 버터를 썼어요?" 까다로운 심사를 통과한 초콜릿 쿠키를 입에 물고, 물한 방울 섞이지 않은 오렌지주스를 마시는 아이들의 표정은 마냥 즐거워 보였다.

아홉 시가 넘은 퇴근길에서는 아직 반도 채우지 못한 낡은 손수레를 끌고 어디론가 바쁘게 걸음을 옮기는 구부정한 뒷모습을 종종 마주치곤 했다. 새벽의 뉴스는 차마 자식을 굶길 수 없어 대형마트에서 분유를 훔친 젊은 여자의 소식을 전했다.

모르겠다. 나는 사람을 보며 울 것 같은 기분이 드는 순간이 사실 두렵다. 외면하고 싶은 현실은 항상 너무도 가까이에서 우리를 빤히 바라본다. 그 눈빛에 우리는 때때로 조금 따갑다.

나
비
야

나비야, 사실 나 가끔 생각해. 네가 나 없이는 아무것도 할 수 없게 됐으면. 붉은 꽃잎에 날아드는 일도, 날개에 떨어진 이슬 한 방울 털어내는 일도, 이리저리 나풀대며 눈앞을 어지럽히는 일도. 그저 가만히 내려앉아 오직 나 하나만 바라보고 있었으면. 우리 관계 속 그 모든 기다림을 오롯이 너 혼자 감당했으면. 못된 욕심이 나를 삼키려 들 때면 나는 그만 바닥에 주저앉아 울고 싶어질 정도로 스스로가 구질구질하게 느껴져 견딜 수가 없었어. 이미 충분히 바닥인 내 세상을 너는 자꾸만 더 아래로 아래로 짓누르고 있다는 걸 아니.

나비야, 나비야. 나는 네가 싫어. 하얀 네가 싫어. 나에게 날아들어 그 새하얀 날개가 검게 물들었으면 좋겠어. 다시는 날아오르지 못할 정도로 젖어 버렸으면 좋겠어. 그래도 나비야, 나를 사랑해 줘. 내가 매일 밤 너의 날개를 뜯어 버리는 꿈을 꾼다고 해도. 엄지와 검지 사이에서 힘없이 으스러질 그 고운 날개 한쪽만큼이라도 나를 사랑해 줘.

— 어긋난 애정은 서글프다.

2

낮잠

행
복

너무 행복하려고 애쓰지 않아도 괜찮아. 하지만 네가 어떤 것들에게서 진정한 행복을 느끼는지 스스로 발견하는 일에는 애써야 해. 세상의 행복이 아닌 나의 행복을 아는 일. 그런 일들을 사치라 생각하지 않아야 해.

나는 당신의 외로움을 사랑해. 외로움은 당신의 세상에 작은 틈하나를 만들었지. 숨죽인 마음을 반으로 접으면 그 틈을 비집고 들어갈 수 있을까. 당신의 외로움을 나에게 선물해 줘. 나는 당신과 같은 우주를 바라보고 싶어. 외로움이 사라지는 날, 우리는 비슷한 속도로 떨어지는 별이 될 거야. 그 밤, 우리는 몇 개의 소원을 마주치게 될까. 잡은 손의 온도는 차가울까, 미지근할까.

아, 오늘은 소원이 쏟아지는 날이야. 당신이 쏟아지는 밤이야.

우리 동네에는 길고양이가 많다. 처음 이 동네로 이사했을 때, 전에 살던 곳과의 가장 큰 차이점 중 하나는 길고양이들의 상 태였다. 쓰레기 봉지를 뒤져 음식물 찌꺼기를 먹고 살았던 예전 주택가 동네의 고양이들은 염분 때문에 신장에 이상이 생겨 하 나같이 뚱뚱한 모습을 하고 있었다. 윤기라고는 조금도 없는 지 저분한 털과 퀭한 눈을 볼 때면 마음이 아팠다. 그런데 새로 이 사한 동네의 고양이들은 날씬한 몸과 윤기 가득한 털, 반짝이는 눈을 가지고 있었다. 혹시 길을 잃은 집고양이가 아닐까 싶을 정도로.

얼마 지나지 않아 그 이유를 알 수 있었다. 새 동네에는 길고양이를 돌보는 사람들이 많았다. 아파트 단지 앞 상가의 세탁소 아주머니는 화단에 이삿짐 박스로 만든 급식소를 설치해 언제나 깨끗한 물과 수북이 쌓인 사료를 준비해 두셨고, 슈퍼 안 작은 정육점 사장님은 저녁마다 잘 손질된 고기를 고양이들에게 나누어 주셨다. 길고양이를 아니꼽게 여겨 사료에 모래를 뿌리거나 담뱃재를 터는 사람도 없었다. 거기에 가끔 간식용 참치캔을 주는 나까지 더해졌으니 녀석들은 길고양이 치고 나름 호화로운 생활을 누리는 중이다. 예전 동네에서 음식물 쓰레기 봉지나 뒤지는 애물단지 취급을 받던 길고양이가 이곳에서는 누군가의 사랑과 귀여움을 받는 아이들이었다.

사랑과 관심 속에서 자란 것들은 티가 난다. 강아지도, 베란다의 화초도, 주인 없는 길고양이도 그것을 아끼고 사랑하는 누군가가 존재하면 반짝반짝 빛나고 생기 넘치는 모습이 된다. 하다못해 생명 없는 물건조차 그렇다. 아끼는 옷과 막 다루는 옷, 예쁜 케이스를 끼워 애지중지 가지고 다니는 핸드폰과 아무렇게나 들고 다니는 핸드폰, 매일 가지고 다니며 일상을 함께하는 카메라와 장롱 구석에서 먼지만 쌓여 가는 카메라는 분명 다르다.

누구에게나 사랑받고 싶은 욕구가 있다. 그래서 사람들은 사랑을 찾는다. 어린 시절에는 엄마의 관심을 끌기 위해 울고, 조금 더 자라고 나서는 좋아하는 사람의 곁에서 괜히 알짱거린다. 사랑받고 싶은 욕구가 충족됐을 때 우리는 빛난다. 그런데 그중에서도 유난히 반짝이는 사람이 있다. 스스로에게 사랑받고 있는 사람이 그렇다. 나 자신에게 받는 애정은 어떤 면역력을 만들어 세상의 공격으로부터 나를 지킨다. 그 면역력을 가진 사람들이 더 크게 반짝일 수 있는 것은 스스로에 대한 사랑은 오직 나만이 줄 수 있는 가장 특별한 사랑이기 때문이지 않을까. 타인과의 관계에서는 절대 얻을 수 없는 종류의.

대부분의 사람들은 스스로를 돌보는 일에 익숙하지 않다. 오늘 내 기분이 어떤지, 내가 어떤 순간 행복을 느끼는지, 어디 아픈 곳은 없는지, 지난번 그 상처는 덧나지 않고 잘 아물었는지. 다른 사람들에게는 그렇게도 열심히 쏟는 관심을 정작 나에게는 주지 못한 채 나에 대한 관심을 타인과의 관계에서만 기대한다.

누군가의 표정을 살피고 눈치를 보는 시간을 나에게도 조금만 나누어 줬으면 좋겠다. 세상의 끝까지 나와 함께할 것이 분명한 사람은 오직 나 하나뿐이니. 가장 가까이 있다는 이유로 가장 소홀하기 쉬운 나에게, 너무도 가까워 가끔 잊고 살았던 나에게 한 번쯤 물어봤으면 좋겠다. 너는 오늘 잘 지내고 있냐고, 정말 잘 지내고 있냐고.

어떤 사과

가끔 멀쩡하게 잘 작동되던 가전제품이 한 번씩 말썽을 부릴 때가 있다. 어제까지 잘 되던 드라이기의 전원이 갑자기 들어오지 않을 때, 뜸을 들일 때부터 김이 조금씩 새더니 완성된 전기밥솥 안의 밥이 너무 설익었을 때, 건전지를 새로 넣었는데도 리모컨이 말을 듣지 않을 때. 엄마는 그걸 '삐쳤다'고 표현했다. 그동안 자신을 너무 막 대했던 우리에게 삐쳐서 잠시 투정을 부린다는 것이 엄마의 설명이다. 귀가 얇은 나는 그게 무슨 말도 안 되는 소리냐고 대답하면서도 말썽을 부린 제품을 그동안 얼마나 막 대했었는지 생각하기 시작한다. 정이란 게 사람에게만 드는 건 아닌지 리모컨을 아무렇게나 던지고, 드라이기의 전선을 마구 꼬아 놓고, 밥솥 뚜껑을 쾅쾅 닫았던 지난 행동들이 떠오르면 슬그머니 미안한 마음이 들기 시작한다. 그리고 속으로 사과한다. 미안해, 그동안 내가 널 너무 함부로 대했지.

신기하게도 그렇게 사과를 하고 나면 방금 전까지 말썽을 부리던 가전제품이 언제 그랬냐는 듯 다시 멀쩡하게 작동한다. 물론 항상 그런 건 아니지만 그런 경험이 꽤 있다. 다시 윙윙 소리를 내며 더운 바람을 내뿜는 드라이기를 보면 세상에 영혼 없는 것은 없나 보다, 하는 생각이 든다. 최근에는 새 노트북을 사고 설레는 마음으로 전원 버튼을 누르며 말했다. 안녕, 앞으로 잘 부탁해!

영
화
보
는
방

오래전부터 꿈꿔왔던 집에 대한 소망이 하나 있습니다. 언젠가 나의 집을 갖게 된다면 그곳에 영화 보는 방을 만드는 것입니다. 한낮의 햇빛도 가릴 수 있는 두꺼운 암막 커튼과 빔프로젝터, 새하얀 벽, 그리고 조그만 팝콘 기계와 편안한 흔들의자까지 있다면 완벽하겠지요. 깊은 밤, 그 방에서 함께 영화를 볼 사람이 있었으면 좋겠습니다. 갓 튀겨낸 고소한 팝콘과 얼음이 찰랑거리는 콜라 한 잔을 나누어 먹었으면 좋겠습니다. 잠들기 전 콜라를 먹으면 안 그래도 약한 이가 다 상한다는 잔소리는 달콤하게 내 안으로 녹아들고, 누군가의 애정이 나를 향하고 있다는 자각은 솜이불보다 포근하게 몸을 감싸 주겠지요.

방안의 불을 모두 끄고 클라이맥스 없는 잔잔한 영화를 보고 싶습니다. 감정의 소모가 필요하지 않은 영화를 고르는 것은 영화를 보는 순간에도 자주 당신을 떠올리고 싶기 때문입니다. 화면 속이 새하얀 낮이 되는 순간에는 희미한 불빛으로 서로의 눈동자를 확인하겠지요. 영화가 끝나기 전까지 우리는 말이 없고, 오가는 컵과 이따금 마주치는 시선 속에 몇 개의 이야기를 묻어둘 것입니다.

그러면 나에게 고소한 팝콘 냄새는, 한밤의 영화는, 그 차가운 유리컵의 감촉은 온전히 당신으로 기억되겠지요. 엔딩 크레딧이 올라갈 때, 내 옆에는 곤히 잠든 당신이 있었으면 좋겠습니다. 새근새근 고운 숨소리를 누구와도 나누지 않고 홀로 차지할 수 있도록. 나는 영화를 한 편 더 보고, 당신은 꿈을 꿉니다. 아침이 밝아오네요. 하지만 떠오르는 태양도 우리를 방해할 수 없습니다. 우리는 지금 영화 보는 방에 있으니까요.

고
백

당신과 함께 사랑이란 단어를 관찰하고 싶다. 사랑을 사랑으로 만드는 것은 무엇인지, 그 짧은 단어에 얼마나 커다란 마음을 눌러 담을 수 있는지, 사랑을 발음할 때 우리 목소리의 파동은 어떤 모양인지. 사랑이라 부를 수 있는 사람이 당신이었으면 좋겠다. 그 두 글자를 등에 업고 세상 모든 언덕을 넘었으면 좋겠다.

— 아마도 나의 고백은 '당신을 사랑해.'가 아니라 '당신과 사랑을 관찰하고 싶어.'가
되지 않을까. 꽃이 아닌 돋보기를 들고.

버
스
와
손
인
사

도무지 그 이유를 알 수 없지만 괜히 집착하게 되는 아주 사소한 것들이 누구에게나 하나쯤 있을 것이라고 생각한다. 나에게는 그 대상이 꽤 많은 편이다. 귤껍질은 여러 개로 조각내지 않고 최대한 하나로 벗기려고 노력하기, 새 노트의 첫 번째 페이지는 비워 두기, 반드시 양치를 먼저 끝낸 뒤 세수하기, 그리고 버스 운전기사님의 손인사 보기.

모두 이상하게 생각할 마지막 항목에 대해 이야기하려고 한다. 버스를 타고 가다 보면 같은 번호의, 혹은 같은 회사의 버스를 반대편 차선에서 마주칠 때가 있다. 이때 운전기사들은 서로 간단한 손인사를 한다. 나는 그 인사를 보는 것을 정말 좋아해서, 저 멀리서 같은 번호의 버스가 나타나면 그때부터 은근히 긴장하며 뚫어져라 기사님을 바라본다.

단순한 손인사지만 그 안에는 각자의 개성이 담겨 있다. 똑같은 동작처럼 보여도 팔의 각도와 표정, 그것들이 만드는 분위기는 천차만별이다. '어이, 오늘도 수고가 많아.' 하는 느낌의 인사도 있고, '선배님, 고생하십니다!' 하는 느낌의 인사도 있다. 그리고 '에이, 오늘은 영 일할 기분이 아니라니까.'라고 말하는 것 같은 인사도.

가끔 유난히 멋진 자세로 인사하는 기사님을 볼 때가 있다. 그 반듯하고 단정한 손인사를 보는 순간이면 '아, 모든 것들이 아주 정직하게 제자리에 있구나.' 그런 기분까지 들어 나도 모르게 안심하곤 한다. 노선을 묻는 승객이 있거나 인사할 타이밍을 놓쳐 그냥 지나칠 때면 그게 어쩌나 아쉬운지 모른다. 내가 생각해도 참 이상한 집착이다. 그래도 이 집착 덕분에 나는 자주 소소한 즐거움을 얻는다.

낯선 땅에서 듣는 한밤중의 라디오를 떠올려 봅니다. 흡수되지
않는 낯선 언어가 귓가에서 춤출 때면 나는 가만히 눈을 감고
설렘과 긴장, 호기심이 뒤섞인 이방인의 기분을 만끽합니다. 이
따금 작은 웃음소리가 들려옵니다. 세상 어디에서도 웃음은 웃
음이라는 사실이 문득 다행스럽게 느껴집니다. 낯선 땅에서도
나는 웃고, 울고, 사랑할 수 있습니다.

누군가를 만나 사랑을 한다는 것은 낯선 언어를 배우는 것과 비
슷한 일이라 생각했습니다. 사람들은 모두 각자의 언어를 가지
고 있습니다. 우리는 함께 커피를 마시고, 영화를 보고, 식사를

하며 서로의 언어를 배워갑니다. 통하지 않는 언어 속에서 웃고 울다가 나는 그만 당신을 사랑하게 되었습니다.

당신의 언어와 나의 언어가 처음 충돌했을 때의 당혹감을 기억합니다. 나의 언어에서 빨강을 말하던 단어가 당신의 언어에서는 파랑을 말하고, 온 마음을 다해 사랑한다 외치는 나의 언어가 당신에게는 닿을 수 없었습니다. 처음 알파벳을 배우는 아이처럼, 나는 당신을 한 글자씩 배우기 시작했습니다.

함께 마신 커피가 열 잔이 되고, 스무 잔이 되었습니다. 나는 다시 서툴게, 그리고 느리게 사랑을 말합니다. 당신의 언어를 가르쳐 주세요. 오래도록 기억될 당신의 언어로 우리의 내일을 말하고 싶습니다. 당신은 내가 배운 가장 아름다운 문장입니다.

겨울의 연인에게

당신이 가장 좋아하는 계절 겨울입니다. 변해가는 계절의 온도를 또 한 번 함께 느낄 수 있어 기뻐요. 싸락눈이 내리는 밤에는 당신 집으로 갈게요. 당신이 좋아하는 조그만 귤 한 봉지와 함께. 사이좋게 귤빛으로 물든 손톱을 하고서 따뜻한 거실 바닥에 나란히 누워 새우잠을 자요. 함께 듣던 라디오에서는 조금 이른 캐롤이 흘러나왔으면 좋겠습니다. 머리맡에 쌓인 귤껍질 냄새를 맡으며 우리 사랑은 겨울이 제철이구나, 잠결에 그렇게 생각하겠지요. 우리, 여름과 가을을 지나 겨울의 연인이 될 수 있어 나는 그것이 정말로 기쁩니다.

달
의
초
대

언젠가 너의 달에 나를 초대해 줘.
네가 좋아하는 건포도를 가득 넣어 구운 빵을 가지고 갈게.
그 달의 저 구석 한 조각만 우리의 식탁에 올려 줘.
조그만 은수저로 녹아내린 달을 떠먹으며 하늘을 보는

우리, 그런 저녁을 보내자.

성
장

우리의 사랑이 지금보다 어렸을 때 우리는 한참이나 더 용감했었고, 그래서 영원을 약속했었지. 용감한 약속은 시간 속에 잠기고 우리는 사랑보다 중요한 것들이 많은 어른이 되었어.

그런데 말이야. 우리가 사랑을 먹고 자랐던 거, 너 그거 기억해?

초
콜
릿
요
정

어쩌면 사실 초콜릿은 요정의 음식이 아닐까. 긍정의 힘과 부정의 힘은 평생 영역 다툼을 한다. 안타깝게도 긍정의 힘은 온실 속에서 곱게 자란 꽃을 닮아서 끊임없이 보살피고, 물을 주고, 살살 어르고 달래야만 싸울 힘을 얻는다. 반대로 부정의 힘은 들판의 잡초를 닮아서 저 멀리 내던져 놓고 눈길 한 번 주지 않아도 하루가 다르게 혼자서 쑥쑥 자라난다.

긍정의 힘을 돌볼만한 마음의 여유가 없는 날에는 좌절하지 말고 초콜릿 요정에게 SOS를 날리면 된다. 기분이 좋지 않아 못마땅한 표정을 하고 모든 것들을 삐딱하게 바라봤던 오늘은 초코

칩 쿠키 요정과 다크 초콜릿 요정이 나를 긍정의 힘 가득한 행복의 세계로 데려다 주었다.

꼭 초콜릿이 아니더라도 모두가 긍정의 힘을 선물하는 나만의 무언가를 가지고 살아갔으면 좋겠다는 생각을 한다. 이 각박한 세상 속에서도 가끔 행복의 손을 잡을 수 있도록.
우리의 긍정이 너무 쉽게 영역을 빼앗기지 않도록.

여러 사람들이 모이는 자리가 생길 때면 종종 이상형에 대한 질
문이 나온다. 사람의 취향이라는 것이 얼마나 다양한지 이 질문
에 대한 대답만 들어도 알 수 있어서 이런 주제로 이야기가 흘
러가면 귀를 기울이고 흥미롭게 사람들의 대답을 듣는다. 하지
만 내 차례가 오는 것은 좀처럼 반갑지 않다.

나에게는 특별히 정해둔 이상형이 없다. 동물을 좋아하는 사람
이라는 것 외에는 딱히 이런 사람이 좋다는 취향이 없다. 아니,
정확히는 너무 자주 바뀐다. 어떤 날에는 나보다 어른스러운 사
람이 좋다가도 또 어떤 날에는 내 성격과 정반대인 장난기 많은

유쾌한 사람이 좋고, 보고 싶을 때면 언제든 만날 수 있도록 가까운 거리에 사는 사람이 좋다가도 모든 만남이 애틋하고 소중하게 느껴지도록 조금은 멀리 떨어진 곳에 사는 사람이 더 좋겠다고 생각하기도 한다.

외적인 부분에서도 마찬가지다. 쌍꺼풀이 없는 사람이 좋다가도 있는 사람이 좋아지기도 하고, 웃지 않아도 입꼬리가 올라가 있는 사람이 좋아지기도 하고, 손이 예쁜 사람이 좋아지기도 한다. 그래서 이상형을 묻는 질문에 대한 내 대답은 언제나 두루뭉술하다.

그런데 언젠가부터 확실히 대답할 수 있는 이상형이 생겼다. '이상형 혼란의 시기'가 지나고 나니 이제는 그런 생각을 한다. 소중하게 여기는 것들이 비슷한 사람을 만나고 싶다고. 행복을 느끼는 순간이 나와 닮은 사람을 만나고 싶다고. 내가 옳다고 믿는 것을 함께 옳다고 믿을 수 있는 가치관이 비슷한 사람을 만나고 싶다. 쌍꺼풀이 있든 없든, 어른스러운 성격이든 장난스러운 성격이든 이제 그런 것들은 별로 중요하지 않아졌다.

돈보다 사람이 중요한, 자신보다 약한 것들을 함부로 대하지 않는, 자신보다 강한 것들 앞에서 쉽게 기죽지 않는, 자동차 밑에서 낮잠을 자는 길고양이가 깜짝 놀라 도망가지 않도록 발소리를 죽이고 걸을 줄 아는 그런 사람과 인생을 함께하고 싶다. 아마 이번 이상형은 꽤 오래 바뀌지 않을 것 같다.

장
마

내 꿈은 한 오 년 쯤 뒤의 장마철 어느 날에 당신과 함께 오징어
를 넣은 부추전을 만들어 먹고, 커다란 통에 든 바닐라 아이스
크림을 숟가락 하나로 나누어 먹으며 쏟아지는 빗소리를 듣는
거야. 당신 입술에 묻은 아이스크림을 닦아 주다가 가볍게 입을
맞출게. 빗소리에 섞인 서로의 심장 소리를 가만히 듣다가 당신
심장 소리를 들으며 내가 산다고, 그래서 내가 산다고 말하고
싶어. 대답은 듣지 않을게. 우리 푸른 침묵 속을 헤엄치자. 올해
의 장마에서, 나는 그때의 우리가 그런 사이이기를 소원해.

어둠 속에 너무 오래 나를 혼자 두지 말아요.
당신 없는 나는 자주 길을 잃으니.

나는 당신과 많은 것을 공유하고 싶어요. 거창한 무언가가 아닌
사소한 일상을 함께하고 싶어요. 함께 밥을 먹고, 공원을 걷고,
뜨거워진 전화기를 붙잡고 날이 밝도록 시시콜콜한 이야기를
나누며 내가 사랑받고 있다는 사실을 느껴요. 당신에게 부담이
되고 싶지는 않지만 당신을 만난 뒤로 당신 아닌 모든 것들은
내게 하나도 재미있지 않아요. 당신이 보이지 않는 시간은 어둠
이에요. 그러니 그 어둠 속에 너무 오래 나를 혼자 두지 말아요.

당신 없는 나는 자주 길을 잃으니.

당신의 모든 시간을 나 혼자 차지하고 싶은 건 욕심이라는 걸 잘 알아요. 다만, 나는 당신의 모든 시간 속에 내가 녹아 있기를 바랄 뿐이에요. 나에게 당신이란 존재는 당신이 생각하고 있는 것보다 훨씬 크게 반짝이고 있어요. 우리가 함께하지 않는 순간에도 나는 당신 생각을 해요. 맛있는 음식을 먹어도, 예쁜 하늘을 봐도, 좋은 길을 걸어도. 그 순간 다른 사람이 아닌 당신을 떠올리는 건 나에게 사랑이란 당신이기 때문이에요.

나는 당신이 적어도 내 앞에서는 어른보단 아이였으면 좋겠고, 겨울보단 여름이었으면 좋겠어요. 내가 당신에게 하루에 세 번만 전화를 거는 이유는 열세 번 전화를 받을 수 없는 당신을 이해하려 노력하고 있기 때문이에요. 우리가 완벽하게 같을 수 없다는 걸 알아요. 하지만, 내가 당신의 문을 열심히 두드리고 있다는 것만 알아주세요. 문 밖의 내가 잘 있는지, 춥지는 않은지 가끔은 관심을 가져 주세요.

고
양
이
의

연
애

내가 없는 시간마다 외로움의 바다에서 헤엄치지 말아요.
나는 그 바다에서 수영하는 방법을 모르니.

나는 연락에 연연하지 않아요. 하루 종일 울리는 핸드폰에 익숙
하지 않아요. 조금은 익숙해질 필요가 있다는 걸 알지만 내일이
면 기억도 나지 않을 가벼운 대화가 가지는 의미를 아직 잘 모
르겠어요. 그러니 차라리 그 시간을 모아 우리 한번 만나요. 얼
굴을 보고 나누는 대화는 가벼워도 충분히 의미 있으니. 내가
별다른 용건 없는 메신저 대화를 끝까지 이어나가지 못한다거
나, 서로 할 말을 찾느라 길고 짧은 침묵이 자주 이어지는 통화

를 서둘러 끊는다고 해서 너무 상처 받지 않았으면 해요. 침묵을 줄이고 싶다면 우리 같은 책을 읽고, 같은 영화를 봐요.

가끔은 나에게 혼자만의 시간을 주세요. 그 시간이 없다면 나는 충전할 수 없어요. 나는 당신이 나와 함께하지 않는 시간에도 잘 지낼 수 있는 사람이기를 바라요. 우리가 떨어져 있는 시간에는 나도 당신이 보고 싶어요. 내게도 사랑은 당신이에요. 그러니 내가 없는 시간마다 외로움의 바다에서 헤엄치지 말아요. 나는 그 바다에서 수영하는 방법을 모르니.

나는 당신이 강아지보단 고양이를 닮았으면 좋겠고, 장미보단 선인장을 닮았으면 좋겠어요. 떠나가는 사람에게 별다른 미련을 두지 않는 건 이런 나를 스스로 너무도 잘 알고 있기 때문이에요. 우리의 온도차가 나쁘다고 생각하지 않아요. 다만, 서로를 위해 쌓아 둔 작은 벽을 굳이 뛰어넘고 들어와 한 걸음 물러서는 나에게 화를 내지는 말아 주세요.

네
이
름

끓는 마음에 찬물 한 컵 들이붓고 네 이름 불러 본다.

물 한 컵으로 식히지 못한 열기가 새어 나와

그 짧은 한마디 뱉어낸 얼굴이 붉게 익는다.

별

행복하고 싶은 밤이면 별을 그렸어.
별은 작은 반짝임이 됐다가
그 작은 반짝임은 네가 됐다가
너는 다시 별이 되었지.
행복하고 싶은 밤이면 나는 너를 그렸어.

환절기

우리가 사랑을 말할 때 우리의 계절은 봄 또는 가을 어딘가에 있었으면 좋겠다. 언젠가 각자 다른 길을 걸을 때, 서로를 앓는 계절이 너무 길지 않았으면 좋겠다. 정신을 차리고 보면 이미 스쳐간 환절기처럼 아주 짧게, 하지만 그렇게 매년 반복됐으면 좋겠다.

과일 같은 거 안 깎고 자랐지?

귤, 자몽, 딸기, 체리, 청포도. 내가 좋아하는 과일에는 공통점이 있다. 바로 칼 없이도 먹을 수 있다는 것이다. 사과나 배, 감 같은 과일들이 나는 별로 반갑지 않다. 딱히 그 맛을 즐기지 않는 다는 이유도 있지만 더 큰 이유는 제대로 깎지 못하기 때문이다. 그나마 감자칼이 있을 때는 어떻게든 깎을 수 있지만 과도만 있을 때는 차라리 깨끗하게 씻어 껍질째 먹는 편이 낫겠다 싶을 정도로 내가 깎은 과일은 엉망이다. 과육이 다 잘려나간 이상한 모양의 사과를 볼 때면 나조차 웃음이 나온다.

칼 자체가 무서운 것은 아니다. 사실 나는 칼을 다루는 일에 제법 능숙한 편이다. 언제나 맞벌이를 하셨던 부모님을 대신해 네 살 터울의 동생과 함께 먹을 식사를 챙기기 위해 어려서부터 주방에서 보내는 시간이 많았던 덕분이다. "누나, 나 이거 도저히 못 먹겠어." 어린 동생을 울상짓게 했던 정체 모를 미역볶음과 밍밍한 된장찌개, 까맣게 타버린 핫케이크를 쓰레기통에 버리는 수많은 시행착오를 거쳐 지금은 이력서의 특기란에 '요리'라는 단어를 당당히 적을 수 있게 되었다. 대학 시절 빵집에서 아르바이트를 했을 때도 피자빵에 들어갈 양파를 써는 일은 언제나 내 몫이었다. "아니, 무슨 아가씨가 이렇게 칼질을 잘해?" 사장님의 칭찬에 어깨에 힘이 잔뜩 들어가기도 했다.

그런데 이상하게 과일을 깎는 일만큼은 너무 어렵다. "너 그래서 시집은 어떻게 갈래?" 하는 엄마에게 "내가 과일 깎으려고 시집가? 나중에 결혼할 사람 집에 한라봉 사 들고 갈 거야." 장난스레 대답하면서도 아직 과일 깎는 것을 연습할 마음이 없다.

혼자서 라면 하나 끓일 줄 모르는 같은 반 친구 집에서 솜씨를 잔뜩 부려 짬뽕라면을 끓이는 나를 대단하다는 듯 바라보는 눈빛이 어린 시절의 나는 내심 부러웠다. 친구가 스스로 끼니를 해결해야 하는 건 어머니가 집을 비우신 아주 가끔이었다. 그마저도 집에 놀러 온 다른 친구들이 해결해 주거나 피자며 치킨을 시켜 먹으니 그 친구는 가스레인지 앞에 설 일이 없었다. "라면 끓이는 게 얼마나 쉬운데, 너는 이렇게 쉬운 것도 못 해?" 하고 핀잔을 주었지만, 곁에 언제나 챙겨줄 사람이 있는 그 친구가 꼭 예쁜 성에서 곱게 자라는 공주님 같다는 생각을 했다.

시간이 지나 이제 모두가 라면 정도는 끓일 수 있도록 자라고 난 뒤에도 부러운 친구들은 여전히 많았다. 학원비가 올랐다는 소식을 아무렇지 않게 집에 전할 수 있는 친구, 비싼 노트북을 사달라고 조를 수 있는 친구, 학자금 대출을 받기 위한 절차를 모르는 친구, 아르바이트 대신 배낭여행으로 방학을 보낼 수 있는 친구. 나에게는 부러운 친구들이 너무 많았다.

가끔 밖에서 과일을 깎아야 하는 일이 생길 때, 서툰 모습에 주위 사람들이 '너 집에서 과일 같은 거 안 깎고 자랐지?' 하는 눈빛을 보낼 때면 그 순간이 부끄러우면서도 내심 반갑다. 그 눈빛이 나를 그동안 내가 부러워했던 친구들의 모습으로 만들어 주는 것 같아서. 부러움에 속으로 친구를 은근히 미워하고 나면 오히려 내가 더 미워졌던 그 어린 마음을 뒤늦게 위로 받는 것 같아서. 앞으로도 나는 과일 깎는 법을 억지로 연습하지 않을 것 같다.

가끔 글을 쓰다 보면 아주 사소한 문제로 한참을 고민하게 되는 때가 있다. 대체로 어떤 단어를 고를 때 생기는 일이다. 예를 들어 '어느 새벽, 문득 너와 함께한 모든 순간이 떠올랐다.'라는 문장을 쓰고 있었다고 치자. 다음 문장을 쓰려고 하는데 갑자기 '순간'이라는 단어가 왠지 모르게 눈에 거슬리기 시작한다. 그리고 그 자리에 '시간'이라는 단어를 대신 넣으면 어떨까 생각한다. 그때부터 다음 문장은 단 한 줄도 쓰지 못한 채 그렇게 고민의 밤이 시작된다. 사실 그 작은 단어 하나까지 신경 쓰며 글을 읽는 사람은 거의 없다는 사실을 잘 안다. 그런데도 사소한 고민에 혼자서 잔뜩 의미를 부여하고는 다른 일도 제쳐 두고 몇 번이나 같은 말을 썼다 지웠다 한다. 보통은 그러다 지쳐 잠드는 경우가 많다. 웃긴 건 며칠 뒤 같은 글을 다시 읽으면 도대체 왜 이런 문제로 고민했는지 이해가 되지 않을 정도로 마음에 드는 단어를 단번에 찾을 수 있게 된다는 사실이다.

사는 것도 비슷하지 않을까. 내 문제에 대한 선택을 스스로 할 수 있게 된 이후부터 우리는 그 무게만큼의, 때로는 그보다 더 무거운 책임도 감당해야만 한다. 남들이 보기엔 아주 사소한 것들도 후에 다가올 책임을 생각하면 나에게는 커다란 문제가 된다. 조금만 지나고 나서 다시 생각해 보면 그렇게 큰 문제도 아니었는데. 그래도 누구나 그렇다. 시간과 순간의 사이에서 끝없이 헤엄치며 오늘을 살고, 또 내일을 버틴다. 반복되는 선택에 지칠 때면 가끔 그런 생각을 한다. 점심으로 짜장면을 먹을까, 짬뽕을 먹을까. 오늘은 초록색 양말을 신을까, 노란색 양말을 신을까. 샤워를 먼저 할까, 양치를 먼저 할까. 세상에 그런 가벼운 선택들만 있었으면 좋겠다고.

다육식물은 신기하다. 떨어진 잎에서도 뿌리가 난다. 꼬박꼬박
물을 주거나 정성껏 보살피지 않아도 흙바닥에서 홀로 뿌리를
내린다. 버려지거나, 떨어져 나가거나. 조금 더 단단하게 버티지
못한 것들은 그렇게 감당할 수 있는 자리에서 감당할 수 있는
속도로 처음부터 다시 자란다.

우리는 끊임없이 강요받는다. 인내와 끈기를, 그리고 또 열정을.
포기는 금기가 되었고, 실패는 낙인이 되었다. 가쁜 숨이 뜨거워
우리의 계절은 한여름을 넘기지 못한다. 느린 호흡이 그립다. 다
시 바닥에서 봄을 맞는 조그만 잎의 세계를 동경한다.

초
련

열일곱의 첫사랑은 여름을 닮은 모습이었다. 그래서일까, 그 아이를 떠올릴 때면 나는 항상 더웠다. 아주 가끔 그 아이의 세상이 차가워 보일 때면 그런 생각을 했다. 나의 봄으로 너의 겨울을 살게. 너를 생각하면 나는 봄을 얻을 수 있으니. 아니, 사실은 여름도 얻을 수 있을 것 같으니.

— 다가올 계절마저 나누고 싶은 사람이 있었다.

다
시,
봄

아무런 날도 아닌데 꽃 한 송이 건네는 너 때문에,
봄도 아닌데 내 마음엔 나비가 날아들었지.

— 너는 나에게 지나간 계절도 선물할 수 있는 사람.

빛

그 아이는 투명했어요. 저 아래 바닥에 깔린 고운 모래와 헤엄치는 아름다운 물고기들, 우리가 타고 있는 배의 그림자까지 다 보이는 바다였어요. 표현에 익숙한 그 아이는 감정을 숨기지 않았어요. 화낼 일이 있으면 화를 냈고, 울고 싶을 때면 울었고, 누군가를 좋아하면 그 마음을 말로 전할 줄 알았어요. 사실 부러웠어요. 누가 보아도 구김살 없이 자란 것 같은 맑은 모습이, 능숙하게 어리광을 부릴 줄 아는 모습이, 철들 필요를 느끼지 못해 아직 철들지 않은 사람들에게서 느낄 수 있는 특유의 순수함이. 내 바다는 겨우 한 뼘 아래도 보이지 않았거든요.

한편으로는 다행이라고 생각했어요. 그 아이의 바다에 깔린 고운 모래도, 아름다운 물고기도 나에게는 없었으니까. 자꾸만 가리고 싶었어요. 아무것도 없는 내 바다를 누구에게도 보여 주고 싶지 않았어요. 삐딱하게 자라난 마음을 들키고 싶지 않았어요.

나에게도 그런 사람이 있었으면 했어요. 너무도 익숙한 자격지심이 나를 괴롭힐 때면, 그 못난 열등감에 파묻혀 끝없이 저 아래로 잠겨 가고 있을 때면 내가 가진 것들 중 유일하게 숨기고 싶지 않은 그 하나가 필요했어요.

깜깜한 나를 보고도 세상에서 내가 제일 반짝인다 말해 준다면, 그러면 정말 거짓말처럼 작은 빛이 찾아와 나를 비추지 않을까요. 어두운 내 바다에도 한 마리 물고기가 헤엄치지 않을까요.

무
지
개

검은 밤,
당신 생각을 꺼내 하늘에 풀어 놓았다.
그제야 알았다.
새까만 하늘에도 무지개가 뜰 수 있음을.

입
수

나에게 너는 그런 것.

물에 뜰 줄도 모르면서

무작정 빠지게 되는 바다 같은 것.

— 수영을 배워야 해, 우리는.

강
아
지
풀

내 하루를 간지럽히는 사람.

꽃보다 어여쁜 나의 강아지풀.

　　─ 그 어떤 꽃도 너를 이길 수 없다는 걸 아니.

아직 뜨거워야 할 우리의 청춘은

학교를 졸업하고 조금 더 나이를 먹은 뒤 친구들을 만날 때면 자주 느끼는 기분이 있다. 주말 저녁의 카페에 앉아 이야기를 나누다 보면 꼭 한 번씩 듣게 되는 말.

"요즘 사는 게 재미없어."

"매일이 똑같아, 어제가 오늘이고 오늘이 내일이라는 말, 그거 딱 내 얘기잖아."

"뭐라도 좀 재미있는 일이 생겼으면 좋겠는데 마음 가는 일이 아무것도 없어. 연애라도 해 볼까 싶어서 나 요즘 열심히 소개 팅 나갔던 거 알지? 근데 이제는 그것도 재미가 없어졌어."

도대체 우리, 아직 뜨거워야 할 청춘에 왜 이리 식어버렸을까?

쉽게 열광할 수 있었던 시절을 기억한다. 요술봉을 휘두르며 악당을 물리치던 나의 우상 세일러문에게, 빵보다 달콤했던 포켓몬 스티커 하나에, 텔레비전 속에서 노래하는 아이돌에게, 애인이란 말보단 남자친구와 여자친구라는 말이 더 어울렸던 우리의 어린 연인에게, 빠듯한 아르바이트비를 모아 어렵게 장만했던 새 카메라로 사진을 찍는 일에.

같은 교복을 입고, 같은 점심을 먹고, 같은 하루를 살았던 시절. 매일이 똑같았지만 그래도 하루에 하나씩은 소리내 웃을 일이 있었던 날들. 우리는 이제 그 시간을 지나 각자의 길을 걷고 있다. 누군가는 회사원이, 누군가는 자신을 꼭 빼닮은 아이의 부모가, 누군가는 고시생이, 또 다른 누군가는 사장이 됐다. 우리를 잡아먹은 현실은 자꾸만 살쪄서 무거워진다. 오롯이 혼자 감당해야 할 현실의 무게를 짊어진 어른이라는 이름 앞에서, 우리는 다른 일에 열을 올릴 에너지가 부족해졌다.

그런 현실 속에서도 순수한 열정을 지켜낸 사람들을 발견할 때면 한없이 반가워진다. 아직 무언가에 미칠 수 있다는 것이, 그런 마음을 잃지 않은 채 어른이 될 수 있다는 사실이 감격스럽게 느껴진다. '아직 떠나고 싶은 마음이 있을 때 더 넓은 세상을 보고 싶었어요.' 언젠가 한 다큐멘터리에서 그저 여행이 좋아 잘 다니던 직장도 그만두고 무작정 유럽으로 떠났다는 내 또래 청년의 인터뷰를 보며 나는 그의 모습을 진심으로 부러워했다.

더 많은 사람들이 더 많은 것들에 열광하며 살았으면 좋겠다. 우리의 심장이 지금보다 자주 두근거렸으면 좋겠다. 작은 것에도 쉽게 설레며 열광할 수 있다는 것. 청춘이란 어떤 시절이 아니라 그런 마음이지 않을까.

너의 어둠에 박수를 보내는 이유

잊지 마.

네가 가장 빛났던 순간은

너의 작은 세상에 칠흑 같은 어둠이 깔렸을 때였다는 걸.

3

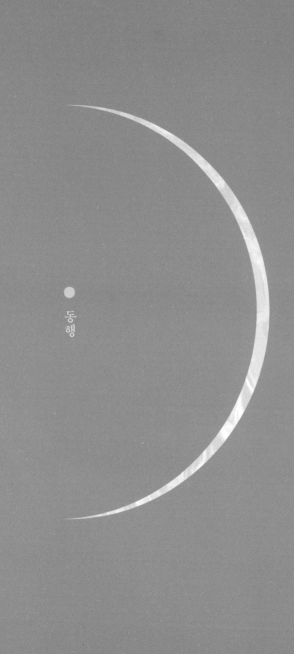

동행

당신의 이름을 부를 때

잠들기 직전, 가만히 눈을 감고 당신의 이름을 부른다. 새까만 천장은 우주가 되고, 흩어지는 목소리는 조그만 별이 되어 반짝인다. 그 별을 오늘 밤 꿈속으로 데려가고 싶다. 그러면 나는 어떤 악몽도 이겨낼 수 있겠지.

나직이 이름을 불러 보는 것만으로도 힘이 되는 사람이 있다. 당신의 이름은 나를 둘러싼 공기의 온도를 바꾼다. 벚꽃잎이 흩날리는 늦봄의 어느 밤처럼 포근하고 다정하게.

포
기
할
수
없
는
사
치

대학교 졸업을 앞두고 있었던 그해 겨울, 나는 무언가에 쫓기는 사람처럼 초조한 마음으로 하루하루를 보내고 있었다. 친구들은 하나둘씩 학생이라는 이름을 내려놓고 회사원이 됐다. 초등학교를 졸업하면 중학교에 가고, 중학교를 졸업하면 고등학교에 가는 것처럼 마치 그것이 당연한 인생의 순서라는 듯이. 그랬다, 이제 막 학생을 졸업하려는 우리가 그리는 앞길은 비슷했다. 간혹 유학을 떠나는 친구들도 있었지만 나와는 거리가 먼 이야기였다. 내가 가진 건 빛날 줄 알았지만 빛나지 않는 졸업장 하나와, 빚내지 않으려 했지만 어쩔 수 없이 떠안게 된 학자금 대출 천삼백만 원이 전부였으니까. 매일 구직 사이트를 돌아

다니며 채용 공고를 읽었다. 눈길이 가는 회사를 발견하면 공식 사이트에 들어가 회사 소개와 인재상을 노트에 꼼꼼히 메모하며 자기소개서 내용을 구상했다. 자기소개서에 '자기'는 없었다. 진취적인 사람이 인재상인 회사 앞에서 나는 누구보다 활동적인 사람이 됐고, 신뢰를 주는 사람이 인재상인 회사 앞에서는 차분하고 이성적인 사람이 됐다.

신념 따위는 버리고 카멜레온처럼 스스로를 바꿔가며 여기저기 찔러 본 결과, 설 연휴가 끝나자 나도 '회사원'이라는 신분을 획득했다. 작은 광고대행사의 기획팀이었다. 완전히 망했다고 생각했던 면접 자리였다. 자신을 동물에 비유한다면 어떤 동물일지 묻는 질문에 잔뜩 당황한 목소리로 북극곰이라고 말했다. 보기에는 순하고 얌전하게 생겼지만 사냥을 할 때는 맹수의 모습을 드러내는 북극곰처럼 나 역시 일을 할 때는 프로의 모습을 보이겠다는 설명을 덧붙였다. 하지만 사실 그건 며칠 전 봤던 북극곰에 대한 다큐멘터리 때문에 갑자기 생각나는 동물이 북극곰밖에 없어서 나온 대답이었다.

아무튼 누군가에게 북극곰은커녕 판다만큼의 위협도 가하지 못했던 말랑말랑한 나는 첫 출근을 했다. 어울리지 않는 정장 차림에 뒤꿈치에 상처를 내는 딱딱한 새 구두를 신고. 광고에 대해 아무것도 모르는 영화과 졸업생인 내가 회사에 폐를 끼칠까 걱정했던 것은 기우였다. 내가 맡은 일은 애초에 광고에 대한 지식은 요만큼도 필요하지 않은 일이었으니까. 북극곰 같은 프로의 모습으로 내가 할 일은 각종 인터넷 커뮤니티에 광고성 글을 올리는 거였다. 육아 관련 사이트에서는 이제 막 백일이 지난 아이를 둔 새내기 엄마가 되어, 자동차 관련 사이트에서는 레이싱에 관심 많은 30대 직장인 남성이 되어, 화장품 관련 사이트에서는 소개팅을 앞둔 여대생이 되어. 어쩌면 나에게 딱 맞는 일인지도 몰랐다. 이건 북극곰이 아니라 카멜레온에게 훨씬 어울리는 일이었다.

아무리 노력해도 광고는 광고라서, 강남의 비싼 밥과 엄마가 싸준 도시락을 번갈아 먹으며 열심히 올린 글은 관리자에 의해 곧 삭제됐다. 그러면 오후 보고를 위해 같은 글을 다시 올렸다. 보고가 끝나고 나면 글은 다시 사라져 있었다. 지하철역 앞에서 아무도 읽지 않는 전단지를 뿌리는 기분이었다. 이른 새벽부터 늦은 새벽까지. 아침과 점심, 저녁을 모두 같은 공간에서 먹으며. 내 앞자리의 사수 선배도, 그 옆자리의 2년차 대리님도 모두 같은 일을 했다. 궁금했다. 이 생활을 열심히 버티면 무엇을 얻을 수 있는지. 교통비, 점심값, 새벽에 퇴근하는 날이면 할증이 붙는 택시비, 팀장님께 혼난 날이면 나가는 저녁 술값, 회사원스러운 하드웨어를 갖추기 위한 옷값을 빼고 나면 내 통장에는 얼마가 남는지. 나는 지금 내 청춘을 얼마에 팔고 있는지.

데친 시금치처럼 축 늘어진 사무실의 공기를 더 버티지 못한 나는 결국 겨우 한 달 만에 퇴사를 했다. 회사를 다녔다고 말하기도 민망한 기간이었다. 내 첫 직장생활은 그렇게 생활이 아니라 체험으로 막을 내렸다. 그 후 몇 개의 회사를 더 거쳤지만 반년을 채우지 못한 채 나는 번번이 도망쳤다. 그리고 도망친 곳에서 정말 하고 싶었던 일을 찾았다. 글을 쓰고, 책을 만드는 일을.

돈이 되지 않는 일에 열을 올리는 나를 보며 엄마는 매일 깊은 한숨을 쉰다. 그리고 여전히 회사원이 될 것을 권한다. 하고 싶은 일을 하며 산다는 건 사치라면서. 그래, 어쩌면 정말 사치일지도 모른다. 이 팍팍한 세상에서는 다른 게 아니라 그게 바로 사치다. 하지만 나는 많이 가진 사람이 아니라 행복한 사람이 되고 싶다. 아침이 오는 게 끔찍하지 않은 인생을 살고 싶다. 열정을 쏟아 무언가를 한다는 것이 그저 통장에 잠시 찍혔다 사라질 몇 자리 숫자 때문만은 아니었으면 좋겠다. 행복은 저축할 수 없어서, 오늘 아낀 행복은 내일 다시 찾아오지 않는다. 나는 가장 사치스럽게 세상 누구보다 행복하고 싶다. 글을 쓰고 책을 만들며, 그렇게 마음이 시키는 일을 하면서.

나를 잃지 않는다는 것

요즘 유행하는 음악이 힙합이라고 해도
"나는 락밴드를 좋아해."
기죽지 않고 말할 수 있는,
꼬박꼬박 모아온 적금을 해약하고
어디론가 훌쩍 긴 여행을 떠날 수 있는.

세상의 수많은 취향과 가치관 앞에서도
내 것을 지킬 수 있는 단단한 사람이고 싶다.

목
적
지

어제 저녁 고등어를 먹었던 식탁 유리에서는 아직도 비린내가
났고, 흰 셔츠에서는 달아오른 다리미 냄새가 났다. 생활의 냄새
를 맡을 때면 나는 내가 아직 살아 있다는 사실을 실감하곤 했
다. 그리고 문득 두려워졌다. 자신의 존재를 실감하고 나면 딱
그만큼의 무게가 어깨에 더해진다. 세상 속에서, 사람들은 온전
히 스스로 감당해야 할 각자의 무게를 끌어안고 바쁘게 걸음을
옮긴다.

하루치의 생활을 등 뒤로 흘려보내고, 저 멀리 다가오는 어느
날의 생활에서 너라는 일탈을 꿈꾼다. 생활의 냄새보다 짙은 너

의 냄새를. 하루에 휩쓸려 잔향만 남은 옅은 머스크 계열의 향수 냄새와 나른한 이불 냄새, 사무실의 공기 탈취제 냄새와 복숭아향 핸드크림 냄새. 그 속에서 나는 오늘의 무게를 잊은 채 잠시 눈을 감겠지. 너의 생활이 나의 일탈이 되고, 너의 무게가 나의 중심이 되는 날. 나는 그날에 멈춰 서고 싶다.

결론

우리, 지난번에 서로의 사랑의 역사에 대해 이야기했잖아. 그때 내가 물었지. 세상의 수많은 남자들처럼 너도 아직 첫사랑을 잊지 못하냐고. 잔뜩 당황한 얼굴을 하고서 그건 편견일 뿐이라며 손을 내젓는 모습이 귀여워 웃음이 나올 것 같았지만 참았어.

네가 어떤 사람과 사랑의 서론을 열었는지 그런 건 별로 중요하지 않아. 또 어떤 사람과 사랑의 본론이란 이런 거구나, 그렇게 느낄만한 사랑을 했었는지도. '오래오래 행복하게 살았답니다.' 어린 시절 읽었던 동화책의 마지막을 기억해? 나는 너의 결론이 되고 싶어. 네 사랑의 마지막 페이지를 장식하고 싶어.

농
숙

너의 태양이 겨울의 색일 때
기꺼이 나의 여름을 양보할 거야.
나는 설익은 채 남겨지더라도
너는 붉게 익어 누구에게나 사랑받기를.
한입 깨무는 순간,
누구에게나 행복이기를.

당신의 취향을 좋아합니다

커피를 마시는 당신 입술을 보다가 우리는 앞으로 몇 잔의 커피를 함께 마시게 될까, 그런 생각을 했습니다. 나는 이제 당신의 커피 취향과 잔을 비우는 속도, 가장 선호하는 온도를 알고 있습니다. 당신을 대신해 얼음 세 개를 띄운 뜨거운 커피를 주문할 때면 뿌듯함을 느낍니다. 당신을 알고 있다는 사실은 나에게 커다란 기쁨이니까요.

쌉쓸한 맛이 나는 붉은 자몽을 좋아합니다. 호흡이 느린 영화를 좋아합니다. 이른 새벽의 산책을, 공원에서 종종 마주치는 노인과 강아지의 뒷모습을 좋아합니다. 당신의 취향 역시 당신이라서, 나는 당신의 취향을 좋아합니다.

부
모
의

얼
굴

마지막 지하철에서 내리니 집 앞까지 가는 마을버스는 이미 끊긴 뒤였다. 어쩔 수 없이 역 앞에 쭉 늘어선 택시 신세를 질 수밖에 없었다. 늦은 밤 혼자 택시를 타면 괜히 긴장하게 된다. 그래서 그런지 평소에는 약에 쓰려고 해도 없는 넉살이 어디선가 샘솟는다.

그날도 "기사님, 식사는 하셨어요?"부터 시작해 "오늘은 길이 좀 막히네요, 갑자기 날씨가 너무 추워졌죠?" 같은 영양가 없는 소리를 늘어놓고 있는데 전화가 왔다. 엄마였다. 아까부터 몇 번이나 어디냐고 묻는 말에 조금 짜증이 나서 나도 모르게 퉁명스런 말투가 나왔다. 짧은 통화가 끝나자 내 질문에 줄곧 형식적인 대답만 하시던 택시 아저씨가 처음으로 먼저 말을 건넸다.

"아이구, 시간이 늦어서 어머니가 걱정하시나 보네." 이번에는 내가 "네."라는 성의 없는 대답을 했다. 슬쩍 내 얼굴을 바라본 아저씨는 계속 말을 이어가셨다. "아가씨, 알아요? 원래 부모는 다 그래. 자식이 늦게 들어오면 오만가지 걱정이 다 드는 게 부모라니까. 우리 딸내미는 미국에 나가서 살아요. 장성한 자식 출가하고 나면 부모는 기억으로 사는 거야. 나는 옛날에 그 녀석 목말 태워서 동물원에 가는 게 그렇게 좋더라니까. 아빠, 아빠 하면서 따라다닐 때가 좋았지. 지금은 얼굴도 못 보고 살아요. 아, 내 청춘이 아까워도 뭐 어쩌겠어. 그걸로 그 조그맣던 녀석이 이만큼 컸으니 됐지."

중간중간 허허, 웃음까지 섞어가며 이야기를 이어가는 모습에서 낯익은 얼굴이 보였다. 세상 모든 부모의 얼굴이. 밤늦도록 들어오지 않는 딸 걱정에 몇 번이나 핸드폰을 만지작거렸을 엄마의 모습이. 문득 아까의 통화가 미안해졌다. 아무리 자라도 자식은 여전히 자식이라서 부모의 마음을 다 헤아릴 수 없는 걸까. 오늘도 엄마는 나를 키우고, 나는 보살핌 속에서 자란다.

안
경

사람이 사람을 해치는 밤. 무엇이 그를 그렇게 만들었는지 궁금한 사람은 나밖에 없었다. 이 시간 이후로 질문은 안 된다. 은색 안경테가 아무런 온기도 느껴지지 않는 목소리로 선포했고, 자라서 은색 안경을 쓸 아이들은 열심히 열심히 고개를 끄덕였다. 나는 묻고 싶었지만 나의 아버지는 아무리 일해도 물음표를 사줄 수 없었다. 꾸역꾸역 물음을 삼키니 헛배가 불렀다. 게워내고 싶은데 게워낼 것이 없어 나는 물음을 울음으로 뱉었다. 그날 저녁 은색 안경테는 조금 더 두꺼워진 안경알을 자랑하고, 안경알이 두꺼워지면 더 멀리까지 볼 수 있나요? 하지만 나는 또 물음을 삼켰다. 아무것도 먹지 않아도 배가 부르니 좋은 일이다,

참 좋은 일이다. 미지근한 목소리를 쥐어짜내 외쳤다.

멀리, 보이지 않는 곳으로 질문이 사라지면 세계는 고요해진다.

두꺼운 안경알 너머로 대답이 쏟아진다. 질문은 없다.

'우리 집'이라는 단어가 주는 다정함이 있다. 아무리 먼 곳에서도 우리 집이라 말하는 순간 스치는 풍경, 공기, 냄새. 그것들이 만드는 어떤 안락함이 있다. 이 이야기는 지금까지 가장 오래, 꼬박 12년 동안이나 우리 집이라 불렀던 하얀 집. 1247-8번지에 대한 이야기다.

처음 그 집을 만난 건 일곱 살 무렵이었다. 아침마다 병아리색 버스를 타고 인혜유치원 늘푸른반에 다니던 어느 날, 앞으로 우리가 살게 될 새집을 보러 가자는 엄마를 따라 낯선 동네로 향했다. 큰 건물 없이 아담한 빌라와 촌스러운 빨간 벽돌 주택들만 가득한 동네에서 그 새하얀 집은 제법 예쁜 모습이었다. 겉모습을 보고 와! 했던 마음도 잠시, 안으로 들어간 나는 조각조각 부서진 기대감을 새집의 첫 짐으로 풀어놓아야 했다. 한 층을 두 집으로 나누기 위해 벽돌을 쌓아 간이 벽을 만드는 중이라 아직 공사 중인 집안은 어수선했고, 거실이라고 부르기도 주방이라고 부르기도 애매한 주방 겸 거실은 네 식구가 사용하기에는 턱없이 비좁았다. 벽을 대충 덮어 칸을 나눈 다세대 주택에서 방음을 기대하는 건 무리였다. 덕분에 우리는 아침마다 울리는 짱구 알람시계 소리와 귀가 떨어져 나갈 듯 소리를 지르는 신혼부부의 싸움 소리, 밤늦게 텔레비전을 보며 웃고 떠드는 소리를 옆집과 나란히 공유해야 했다.

실망스러운 첫 만남 때문이었을까, 12년이라는 시간을 보내는 동안 나는 그 집을 그다지 좋아했던 적이 없었다. 지금 생각해보면 앵두나무와 대추나무, 상추와 방울토마토를 키우던 조그만 뒷마당, 위층 주인집 언니와 병원놀이며 선생님놀이를 했던 우리의 아지트 다락방, 손에 잡힐 것 같은 구름을 볼 수 있었던 옥상까지 좋은 점도 꽤 많은 집이었는데. 그때는 그랬다. 방이

겨우 두 개뿐이라는 것이 창피해 친구들을 데리고 오지 못했던, 주방과 거실이 분리되어 있지 않아 여름철 음식을 하면 더운 열기가 가득했던, 경비실이 없어 집을 비운 사이 택배를 받을 때면 복도 구석 재활용 마대 속에 보관해 달라고 부탁해야 했던 크고 작은 불편함만 느껴지곤 했다.

나는 그 집에서 세 번의 입학식을, 그리고 두 번의 졸업식을 거치며 거의 모든 학창시절을 보냈다. 열여덟 살이 되던 해, 우리는 다시 아파트로 이사했다. 새 동네에는 슈퍼가 아닌 마트가 있었고, 프렌차이즈 패스트푸드점과 영화관도 있었다. 하지만 이상하게 나는 처음부터 마음에 쏙 들었던 새로운 동네와 쉽게 친해지지 못했다. 하나 더 늘어난 방과 언제든 편리하게 택배를 받을 수 있는 경비실, 주방과 거실이 따로 분리되어 있는 새집과도. 벌써 10년이 지났지만 아직까지도 나는 순간순간 '새집'이라는 단어를 쓴다. 그리고 문득 느껴지는 낯선 기분과 함께 옛날의 하얀 집을 떠올린다.

그 집이 주었던 다정함을 나는 이사를 하고 나서야 깨달았다.

꽤 많은 경우에 이별은 그 대상에 대한 애정을 증폭시킨다. 지나간 순간에 대한 기억을 미화시킨다. 그 대상이 사람이든 사물이든, 어떤 공간이나 시간이든. 그것이 이별이 주는 마지막 선물인지, 짓궂은 괴롭힘인지 아직은 잘 모르겠다.

우리는 살면서 또 얼마나 많은 다정과 이별해야 할까. 또 얼마나 많은 다정을 그것이 다정인지 모른 채 지나쳐야 할까. 1247-8번지, 그리운 우리 집.

청춘

매일 똑같은 아침과 똑같은 밤. 반복되는 이 길의 끝에 텅 빈 나만 남아 있게 될까 봐 사실 난 그게 두려워요. 꼭 쥐고 있다고 믿었던 청춘은 나도 모르는 사이에 손 틈새로 흘러 전부 사라져 버리고 말겠죠. 모래성 한번 쌓아 보지 못하고 밀려드는 파도에 휩쓸려 끝없이 가라앉고 말겠죠. 한때는 나도 양손 가득 그 금빛 모래를 쥐고 있었다는 사실을 기억하는 사람이 세상에 과연 몇이나 남게 될까요. 우리, 이 막막한 젊은 날들을 어떻게 감당해야 좋을까요.

위로는 없어요. 다만, 나도 그래요. 그러니 우리 함께 술을 마셔요. 흠뻑 취해 빠져나가는 모래를 알아차리지 못한다면 그나마 조금 낫겠죠. 빈 술병에 오늘의 청춘을 담아요. 딱 한 병만 가득 채워 몰래 숨겨요. 어느 차가운 밤 다시 꺼낼 수 있도록. 그 찬란함이 만드는 온기에 얼어붙은 마음 한구석 기댈 수 있도록. 우리는 청춘을 살고 있어요. 청춘이라 부르지 않아도 충분히 빛나는 시절을.

행복에 대한 강박

행복에 대한 강박은 행복을 먹고 자라서, 크면 클수록 우리가 맛볼 행복의 크기는 점점 작아질 거야. 네 몫의 행복까지 모조리 먹어 치운 강박은 너에게 기생해 보이지 않는 곳에서 매일 조금씩 몸집을 불리고 있겠지. 딱 하나 분명한 건, 그 강박에게 먹이를 주는 사람은 바로 너라는 거야. 그러니 행복을 위해 너무 애쓰지는 마. 행복이라는 단어에 너무 큰 기대를 걸지 마. 가까이 다가가 찬찬히 뜯어 보면 결국 그 행복에도 무언가 특별한 건 없을 테니까. 그저 오늘을 살았다는 것, 어쩌면 그게 바로 네가 그토록 찾아 헤매던 행복일지도 몰라.

순
수

나는 당신의 순수에 숨이 막혀
자꾸만 눈앞이 아득해진다.

그러면 당신은 가장 투명하고 잔인한 눈으로
괜찮다 괜찮다, 나를 다독이는데.

탄생이 억울한 너에게

그래, 태어나고 싶어 태어난 사람이 어디 있겠니. 살기 싫어 죽는 사람은 봤어도 살고 싶어 태어난 사람은 아직 본 적이 없어. 이제 그만 일어날 시간이야. 달콤한 꿈은 우리가 엄마에게서 탈출하는 순간 막을 내렸으니 이제는 비린내 나는 현실을 걸어야지, 어떻게든 살아야지.

그 길의 끝에 언젠가 꿈에서 봤던 낙원이 존재할 거라는 거짓말은 하고 싶지 않아. 하얀 거짓말은 너무 쉽게 때가 타고, 때가 탄 것들은 버려지기 마련이니까. 다만 이 넓은 우주 어딘가에 너와 함께 걸어 줄 사람 하나쯤은 분명 존재할 거라고 말하고 싶어.

그 손을 잡는 순간 네 의지와 상관없이 너를 세상에 내놓은 사람들에 대한 원망이 조금은 사그라들 거야. 입술이 닿는 순간에는 어쩌면 스스로를 당황스럽게 만들 고마움이 원망을 배반하고 저 아래부터 스멀스멀 피어날지도 몰라. 현실은 여전히 춥고 더럽고 어둡겠지만, 그런 것들은 아무래도 좋은 시절이 누구에게나 한 번쯤은 있는 거니까.

가
시

내게 보살핌을 바라는 것들의 시선을 애써 외면하고
저 구석에 숨어 누구에게도 곁을 주지 않으려는
너에게 다가갔을 때.
그때의 따가운 눈빛을 사랑해.
어쩌면 나는 가시를 가진 것들을 동경해.

용
기

어쩌면 싫어하는 사람에게 당신이 싫다 말하는 것은, 좋아하는 사람에게 당신이 좋다 말하는 것보다 훨씬 큰 용기가 필요한 일인지도 모르겠다.

●
매
미
소
리

한여름의 매미 소리는 어딘가 모르게 처연하다. 살아 있는 존재
란 그렇게 필사적으로 울어야만 사랑을 얻을 수 있는 걸까. 그
렇다면 나는 필사적으로 울지 않았기에 당신을 얻을 수 없었던
걸까. 맴맴, 매미가 운다. 불편한 소음은 쉽게 잦아들지 않는다.

창문을 닫았다. 힘겹게 돌아가는 선풍기 소리가 선명해졌다. 흐
려졌다 믿었던 당신 모습이 선명해졌다. 모터가 뜨듯하게 데워
진 선풍기를 끄고 에어컨을 틀었다. 목 뒤로 훅 불어오는 인위
적인 찬바람에 오소소 소름이 돋는다. 바닥에 누워 뿌옇게 먼지
가 낀 선풍기 날개를 바라보며 생각했다. 죽을힘을 다하는 사랑

이 세상 어딘가에 있기는 할까, 정말 그럴까.

너무 뜨거운 것은 두렵다. 한여름 아스팔트 같은 당신 마음이
그랬다. 필사적인 마음 앞에서 나는 가끔 가난해지는 기분이 들
었다. 맴맴, 매미가 운다.

영원

지는 달의 끝에 너를 걸어 놓고
나는 이 밤이 영원하기를 빌었어.

너는 세상 그 어떤 것도 영원하지 않다고 말했어. 손에 넣고 싶
은 것들은 모두 달을 닮았다고 했었지. 나는 지는 달의 끝에 너
를 걸어 놓고서라도 이 밤이 영원하기를 빌었어. 기어코 너를
밀어내고 떠오른 태양이 야속해 힘껏 노려봤더니 눈이 아렸어.
맺히는 눈물조차 영원하지 않더라. 이 세계에 영원이란 없더라.

열
꽃

당신 생각이 제멋대로 끓어넘쳐 무방비한 맨손을 적실 때면 붉게 덴 자국이 그렇게도 서러웠다. 서럽다 입밖에 내고 나니 서럽던 마음마저 끓어넘쳐 이리저리 흘렀다. 그 뜨거운 마음으로 열병을 앓으면서도 나는 당신의 이름을 불렀다.

— 붉은 손에는 흉터가 남고, 데인 마음에는 열꽃이 피고.

매
듭

한없이 크게만 느껴졌던 사람도, 짧은 인사조차 건네기 어려웠던 사람도, 진절머리 나게 끔찍했던 사람도 지나고 보면 결국 이 넓은 세상의 작은 부스러기 하나였다는 생각이 들 때가 있습니다. 그토록 싫었던 그들의 모습을 바라보며 일종의 연민을 느끼게 되는 순간이 있습니다.

절대적인 강자는 없습니다. 오늘 나를 저 구석으로 몰아붙였던 사람이 내일은 다른 누군가에 의해 벼랑 끝으로 내몰릴지도 모릅니다. 모두에게는 각자의 사정이 있고, 그 수많은 이야기들이 얽혀 매듭을 만듭니다. 우리는 매듭에 지나치게 연연합니다. 이

매듭을 묶은 건 너야, 그러니 모두 네 탓이야. 아니, 어쩌면 애초에 끈을 만든 사람의 탓일까. 그것도 아니면 이까짓 매듭 하나 풀지 못하는 나의 탓일까. 세상에는 아무리 노력해도 풀리지 않는 매듭이 있다는 사실을 좀처럼 인정하지 않은 채 탓할 대상만을 찾기 바쁩니다.

하지만 매듭은 그저 매듭일 뿐입니다. 어차피 풀 수 없는 매듭이라면 가위로 끊어 버리면 그만입니다. 그러니 너무 미워하지 않기로, 상처를 받거나 주눅 들지 않기로 합니다. 우리는 스스로 생각하는 것보다 훨씬 질기고 단단합니다. 조그만 매듭 하나에 휘둘릴 정도로 가볍지 않은 존재입니다.

믿
음

백 번을 사랑한다 말해도

단 한 번의 어긋남에 무참히 깨져 버린 마음이었다.

그 가벼운 마음을 우리는 한때 믿음이라 불렀다.

아
빠
의
책
장

마땅히 서재라고 부를 방 하나 없는 우리 집에는 옛날부터 책이
참 많았다. 나보다 나이가 많은 갈색 나무 책장 속에는 아빠의
책들이 빼곡하게 꽂혀 있었다. 아빠는 가방 속에 언제나 책 한
권을 가지고 다녔다. 아빠가 읽는 책은 시시한 자기계발서였다.
10년 모아 1억 만들기, 성공하는 부동산 운영의 비밀, 메모하는
습관이 인생을 바꾼다. 나는 그 뻔한 제목과 제목보다 더 뻔한
내용의 책들이 거슬렸다. 가끔은 짜증이 나기도 했다. 파란색 펜
으로 밑줄까지 쳐가며 1억 만들기를 열심히 읽었음에도 우리에
게 1억은 없었고, 성공하는 부동산 운영의 비밀을 닳도록 읽었
음에도 아빠의 부동산은 오지 않는 손님을 쓸쓸히 기다리다 결

국 빚만 남긴 채 문을 닫고 말았으니까. 결과가 언제나 노력에 비례하지 않는 게 인생이라는 사실 정도는 초등학교를 졸업하기도 전에 이미 깨달았지만, 그걸 알면서도 현실이 미웠다. 밤낮으로 일하며 편하게 발 뻗고 잘 시간조차 없이 사는 노력에 비해 결과는 너무도 작고 초라했다. 그리고 그 결과만큼이나 아빠는 매일 작아지고 있는 것 같았다.

아빠를 닮은 나는 책을 좋아했다. 고작 몇 푼 아끼겠다고 다 쓴 로션통을 잘라 벽에 붙은 마지막 내용물까지 박박 긁어 쓰는 주제에 한 권에 밥 두 끼 값을 꿀꺽 잡아먹는 책을 사는 게 좋았다. 딱히 돈 나올 구석이 없었던 시절, 나는 아빠의 책상 위에 있는 책들을 야금야금 헌책방에 팔아 그 돈으로 가지고 싶은 책을 샀다. 아빠의 책은 한 권씩 줄어들었고, 내 책은 점점 늘어 갔다.

몇 달에 한 번씩 그런 때가 있다. 갑자기 무슨 책이든 사고 싶어 견딜 수 없는 기분이 드는 때가. 아빠의 책상에는 더 이상 팔만한 책이 없었고, 아르바이트 월급이 들어오려면 아직 한참이나 남은 날이었다. 문득 베란다 구석에 처박혀 있던 책장이 눈에 들어왔다. 평생을 함께 살았지만 제대로 들여다본 기억이 없는 낡은 책장 문을 열었다. 그 속에는 젊은 날의 아빠가 읽었던 책들이 있었다. 그건 소설이었고, 에세이였고, 시였다. 아빠도 그랬다. 아빠에게도 하루키를, 피천득을, 윤동주를 좋아했던 시절이 있었다. 하늘과 바람과 별과 시를 꺼내 펼쳤다. 군데군데 연필로 동그라미를 친 흔적이 남아 있었다. 시와 소설을 좋아하던 아빠의 책장이 조금씩 변하기 시작했던 건 가장의 무게와 책임감 때문이었겠지. 하루하루 그저 살아내기 바쁜 팍팍한 날들에 문학이란 사치였겠지. 학창시절 학교에서 펜글씨를 제일 멋들어지게 쓰고, 교과서 귀퉁이에 그림 그리는 것을 좋아했던 소년은 그렇게 어디론가 사라졌겠지. 다른 책을 펼쳤다. 13년 전의 아빠가 십수 년 전의 엄마에게 선물했던 책의 첫 장에는 짧은 편지가 적혀 있었다.

사랑하고 존경하는 오수연 여사께!

기회가 왔을 때 그 기회를 자신의 것으로 만들 수 있는 사람만이 성공할 수 있습니다.

새로운 출발점에서 서로 열심히 노력하여 보다 나은 인생을 만들어 갑시다.

오수연 씨가 생각한 모든 것들이 이루어져 행복해 하는 모습을
빨리 보았으면 좋겠습니다.

그동안 보내준 사랑과 신뢰, 헌신적인 희생에 진심으로 감사드
립니다.

-2002. 10. 31 하영은 드림

아빠에게 책 선물을 해야겠다고 생각했다. 적당한 책을 고르려
면 아마도 한참 서점을 헤매야겠지만. 남들에게는 몇 장씩 빼곡
하게 잘도 쓰는 편지를 차마 아빠에게는 쓰지 못해 그 옛날 아
빠처럼 짧은 메모 몇 줄만을 남기겠지만.

나는 아빠의 청춘을 훔치며 자랐다. 어쩌면 가장이란 지켜야 할
단 하나를 위해 너무도 많은 것들을 포기하도록 강요받는 자리
일지도 모른다. 그래서 나는 좋은 사람이 되고 싶다. 아빠의 청
춘과 맞바꾼 내가 적어도 딱 그만큼의 가치는 있는 사람이 됐으
면 좋겠다.

침
몰

갑자기 찾아왔다 갑자기 떠나간 사랑 앞에서 아무것도 할 수 없
게 되는 순간이 있어요. 아무리 깊은 바다도 두려워하지 않던
사람이 감당하기 버거운 슬픔에 잠겨 숨만 참고 있게 되는 그런
순간이. 배운 적이 없으니까요, 우리는. 언제 빠졌는지도 모르는
깜깜한 물속에서 앞을 보는 방법을.

별
빛

우리의 우주에 바람이 불었다.

별들이 흩날리는 밤이었다.

쏟아지는 빛 속에서도 네가 제일 빛났다.

비
행

가끔 하늘을 나는 꿈을 꾸는 날이면 잠에서 깬 뒤에도 온종일 저 위만 바라보고 있었다. 동쪽의 해가 붉게 물들며 서쪽으로 사라질 때까지. 그 자리에 달이 고개를 내밀고, 별이 빛날 때까지. 그 잠깐의 비행이 너무도 달아 하늘을 맛본 나는 매일 밤 땅에서 하늘을 앓았다. 날개를 가질 수 없다는 걸 알면서도. 가질 수 없는 것들은 항상 너무도 빛난다. 그 빛에 눈이 멀어 현실이 보이지 않을 정도로.

우
산

쏟아지는 비를 맨몸으로 마주한 밤,

너의 우산이 되고 싶다는 욕심.

그렇게 너에게 유일한 무언가가 되고 싶다는 욕심.

마
침
표

내 마음엔 너를 위한 빈칸이 있었어.
그 공백에 너는 마침표를 찍었지.
세상 그 어떤 단어 하나 담지 못한 채
빈칸은 사라지고 말았어.
유난히 크게 찍힌 마침표 위에서는
어떤 글자도 온전할 수 없더라.

순
간

어쩌면 사람들은 모두 반짝 빛났던 순간의 기억으로 평생을 사는 게 아닐까. 언젠가 더 이상 어둠을 밝힐 수 없는 날이 오면 그 기억들을 녹여 만든 초를 태우겠지. 그러니 가장 반짝이는 기억을 만들자. 훗날 어둠을 밝혀 줄 초가 너무 쉽게 닳아 없어지지 않도록. 그렇게 충분히 빛나는 오늘을 살자. 먼 미래가 정말 내 몫이 될 거라는 보장은 세상 어디에도 없어. 내일을 위해 깜깜한 터널 속에 가둬 두기엔 우리의 오늘이 너무도 찬란해.

기억해, 순간에 충실한 삶은 결코 부끄러운 것이 아니라는 걸. 미래란 어느 날 갑자기 밀려오는 파도가 아니라 지금 내 어깨를 적시고 있는 가랑비가 모여 만드는 물줄기일 뿐이라는 걸.

수
평
선

너는 수평선이었어. 무심코 뱉은 너의 한마디와 스쳐간 작은 표
정에도 하늘을 날다가 다시 저 끝까지 곤두박질치는 나를 이해
하기엔 너무도 고요한 사람이었지. 가끔 나는 그 고요에 삼켜질
것만 같은 기분이 들었어. 숨 막히는 정적 속에서 단단하지 못
한 마음은 아주 작은 바람에도 밀려나곤 했었어. 어느 날 내가
갑자기 사라진다 해도 너의 세계는 여전히 수평이겠지. 무섭도
록 잔잔한 그 바다엔 조그만 물결 하나 일렁이지 않겠지.

나는 우리의 사랑이 등대라고 믿었어. 언제나 같은 자리에서 묵
묵히 어둠을 밝히고 있었으니까. 이제는 알아, 바다는 등대 없

는 밤을 두려워하지 않는다는 걸. 등대 없는 밤이 두려운 건 그 바다를 항해하는 작은 배 하나뿐이었어. 이 사랑의 끝에서 길을 잃은 건 결국 나 하나뿐이었어.

바
다
의
끝

너도 결국 그렇게 스쳐가겠지. 한순간 반짝이던 불빛이겠지. 세상 모든 빛의 상실 앞에서 나는 한동안 아무것도 볼 수 없겠지. 그 잔인한 어둠에 익숙해진 눈이 맨 처음 발견하게 되는 건 남겨진 너의 발자국일까. 조금씩 지워지는 자국을 보며 나는 또 몇 번이나 너의 이름을 부르게 될까. 그렇게 얼마나 많은 밤을 지새울까.

잠길 것을 알면서도 더 깊숙이 들어가는 마음을 너는 알까. 그 겨울, 네 바다의 차디찬 물살을 너는 알까.

이
유

왜 당신을 사랑하는지 자꾸만 묻지 말아요.

그걸 모르니까 사랑인 거예요.

— 없거나, 혹은 셀 수 없이 많거나.

수
증
기

더운 숨을 뱉으며 뿌옇게 흐려져 가던 밤.

무엇 하나 선명한 게 없었던 그날,

수증기 속에 갇힌 우리.

— 하얗게 김이 서린 마음에 손가락으로 서로의 이름을 새겼지.

사
랑
의

맨
얼
굴

사랑이란 감정은 때때로 비참하다. 스스로의 밑바닥을 여과 없이 보여주는 그 잔인한 감정이 나는 조금 두렵다.

궤
적

당신은 나의 문장이 되었다. 그래서 나는 우리의 시간을 후회하지 않는다.

4

미
지
근
한
온
기

서툰 손길이 마음에 닿을 때 나는 잠시 숨을 멈추고, 시간은 우리의 속도로 흘러갑니다. 언젠가 별도 길을 잃는다는 말을 들은 적이 있습니다. 자주 길을 잃는 나에게는 그 말이 먼 위로로 다가왔습니다. 하지만 위로는 생각보다 가까이에 살고 있었네요. 불규칙한 숨소리를 들으며 생각했습니다. 당신은 이제 떠날 때가 되었다 말하지만, 보세요 우리는 아직 이렇게나 어린걸요. 나는 모르는 것을 언제까지나 모르는 채로 두고 싶었습니다. 우리는 미완의 세계에 삽니다.

사랑이 흐려질 때, 나는 가끔 생각해. 무언가에 집중할 때면 앞니로 입술을 살짝 깨무는 버릇을, 웃을 때 초승달 모양으로 접히는 눈을, 슬픈 영화를 보면 주먹을 꽉 쥐는 손을. 아, 너는 이토록 작은 몸짓 하나로도 나를 설레게 만드는 사람이었지. 이렇게 빛나는 사람이 나를 바라보고 있었지.

감
사
한
날
들

아이스크림 가게에서 아르바이트를 할 때였다. 일도 잘하고, 예쁘고, 성격도 좋은 그 아이는 하루에 세 개씩 감사한 일을 찾는다고 했다. 속으로 그 말을 비웃었다. 감사한 일이 매일 세 개씩이나 있다니, 그건 네 세상에서나 가능한 일이라고 생각했다. 그날의 퇴근길, 마을버스에서 바라본 하늘이 너무 예뻐 나도 모르게 문득 지금 이 풍경이 참 감사하다는 생각이 들었다. 그리고 머쓱해졌다. 그때 다짐했다. 곁에 있는 사람에게 좋은 영향을 주는 사람이 되어야겠다고. 우리는 서로의 영향 안에 있다.

세
계

"너는 나의 세계야. 영원히 무너지지 말아 줘."
"너의 세계를 함부로 남에게 내어 주지 마."

정말 중요한 것을 남의 손에 너무 쉽게 넘기지는 마. 끝까지 지
켜내야 하는 것들. 쌓여서 너라는 사람을 만드는 것들. 내일과
미래, 꿈, 가치관, 희망. 결국 너의 세계를.

모
과

흔적이 되고 싶지 않다. 언젠가 나를 담았던 마음에 너무 오래세 들어 살고 싶지는 않다. 사랑이 지나가는 소리를 들으며 당신은 깊은 잠을 자고, 그러는 사이 조금 더 단단하게 성장하겠지.

나는 당신에게 한 시절 꾸었던 고운 꿈으로 기억되고 싶다. 지나간 시간이 당신을 해치지 않았으면 좋겠다. 서로의 거름이 되자. 열매가 맺히는 날 여기 당신 몫도 하나 있더라, 우리는 그냥 그런 기억으로 스치자. 그 열매는 모과였으면 좋겠다.

작은
소란

무지개가 뜨는 날이면 빳빳하게 굳어졌던 마음들도 덩달아 들뜬다. 멍하니 앞만 응시하던 수많은 시선 역시 들뜬다. 서로의 무지개와 함께 우리는 지금 이 순간, 오늘의 하늘을 공유한다. 무지개 하나로 설레던 날들이 있었다. 무지개가 뜨지 않는 날에도 자주 하늘을 살피던 시절이 있었다.

이제는 안다, 무지개 너머의 세계에도 무언가 특별한 것은 없다는 걸. 그럼에도 우연히 마주친 무지개가 반가운 것은 무지개 너머 다른 세계를 꿈꾸던 그 시절의 나를 기억하고 있기 때문에. 그 고운 빛이 꼭 그때의 순수를 닮았기 때문에. 무지개가 뜨는 날의 작은 소란이 나는 참 반갑다.

떡
볶
이
이
모

때로 한 시절은 어떤 맛으로 기억되곤 한다. 그런 시절과 맛이 있다. 아침마다 회색 교복을 입고 집을 나서던 날들. 10대의 끝자락 고등학교 시절을 나는 떡볶이의 맛으로 기억한다.

컨테이너를 개조해 만든 작은 떡볶이 포장마차 '이모네 떡볶이'는 일주일에 세 번씩 가던 영어학원에서 한 정거장 떨어진 지하철역 출구 앞에 있었다. 온갖 산해진미를 다 가져다 놓아도 최고의 음식을 물으면 조금도 망설이지 않고 떡볶이라고 대답할 수 있는 나에게 그 포장마차는 도저히 그냥 지나치기 힘든 유혹이었다. 네모난 철판 위에서 뜨끈한 김을 내뿜으며 보글보글 끓고 있는 새빨간 떡볶이, 바라보기만 해도 바삭한 소리가 날 것 같은 노르스름한 튀김옷을 입고 종류별로 옹기종기 모여 있는 튀김들, 커다란 꽃게 한 마리가 통째로 들어 있는 어묵까지. 친구들과 함께 그 앞을 지나칠 때면 우리는 누가 먼저랄 것도 없이 무언가에 홀린 듯 안으로 들어가 주문할 메뉴를 고민했다.

부족한 용돈을 조금씩 모아 셋이서 떡볶이 한 접시를 나눠 먹었지만, 포장마차를 나설 때면 언제나 배가 불렀다. 겨우 천 원짜리 두 장을 내미는 손이 부끄러울 정도로 접시에는 항상 떡볶이가 수북이 담겨 있었다. '이모네 떡볶이'에서 가장 좋았던 것은 떡볶이도 튀김도 어묵도 아닌 주인 이모였다. 떡볶이 접시가 바닥을 보일 때쯤이면 듣는 말이 있었다. "얘들아, 더 먹고 싶으면 얘기해. 그때는 원래 돌아서면 바로 배고플 나이야." 그 말을 듣고 나면 배보다도 마음이 불렀다.

'이모네 떡볶이'는 그랬다. 1인분에 네 개인 튀김은 단 한 번도 딱 네 개인 적이 없었다. 계산을 마치고 나갈 때면 '안녕히 가세요.'가 아니라 '그래, 밥 많이 먹고 공부 열심히 해.'라는 말이 우리를 배웅했다. 초록색 천막 아래에서는 누구도 배고픈 사람이 없었다. 딱히 자주 지나칠 이유가 없었던 그 길을 마르고 닳도록 지나다니게 만들었던 것은 맛있는 떡볶이가 아니라 떡볶이 이모였다.

학교를 졸업한 뒤에는 발길이 뜸해졌지만, 여전히 역 근처를 지날 때면 종종 그곳을 찾는다. 떡볶이와 함께 이모가 종이컵에 떠주신 어묵 국물을 먹고 있으면 그 시절의 기억이 새록새록 떠오른다. 이모는 아직도 가끔 나를 학생으로 착각하신다. "맛있게 먹었어? 아직 개학 안 했니?" 하는 질문에 혼자 속으로 웃다 보면 이런 생각이 든다. 그래, 떡볶이 이모 눈에는 그 떡볶이 먹고 자란 우리가 영원히 어린애겠지. 그래서 그 착각이 반갑다. 교복을 입은 한 무리의 남학생들에게 "아이고, 체한다. 좀 천천히 먹어. 먹고 부족하면 얘기해." 그때와 똑같은 말을 하고 계시는 이모의 모습이 반갑다. 나의 고등학교 시절을 새빨갛게 물들인 '이모네 떡볶이'가 또 다른 누군가의 시절을 배부르게 채워주며 변함없이 그 자리를 지켰으면 좋겠다.

손끝의 온기

위로가 난무하는 세상이다. 이제는 넘쳐나는 그 위로들에게서 아무런 위로도 받을 수 없다. 힘내라는 말 속에는 힘이 없고, 괜찮다는 말을 아무리 들어도 좀처럼 괜찮아지지 않는다. 무조건적인 희망의 말은 때로 의도하지 않은 폭력성을 가진다. 괜찮아, 할 수 있어, 너는 나의 희망이야. 무거운 말들은 부담이 되고, 그 부담은 가장 순수한 얼굴을 하고 목을 바짝 조여온다.

어쩌면 우리에게 필요한 것은 힘내라는 말이 아닌 손끝으로 전해지는 작은 온기일지도 모르겠다. 가끔은 그 작은 온기가 말의 한계를 뛰어넘기도 한다. 그러니 조용히 손을 잡아 주었으면 좋겠다. 희망의 말 없이도 희망을 찾을 수 있도록.

노
을

오늘, 노을이 참 예뻤어.
지는 네 마음이 노을빛이었다면
돌아선 등에 손을 흔들 수 있었을까.

아, 나는 세상 모든 지는 것들이
노을을 닮았으면 좋겠어.

언제까지나 여전하기를

나의 여전한 것들이

충성고객이라는 말이 있다. 자신이 좋아하는 어떤 브랜드나 가게에 무한한 애정을 쏟으며 충성하는 사람을 일컫는 말이다. 이 말은 곧 나를 뜻하기도 한다. 나는 마음에 쏙 드는 무언가를 발견하면 그것에 대한 엄청난 충성도를 자랑한다. 카페, 영화관, 음식점, 서점, 심지어 병원까지. 나만의 지도를 만들어 두고 특별한 일이 생기지 않는 한 항상 같은 곳만 찾는다. 그런데 슬프게도 내가 아끼는 것들은 자주 사라지곤 한다.

일주일에 세 번씩 가던 단골 분식집 앞에 '임대 문의'라고 적힌 하얀 종이가 붙어 있을 때, 혼자 영화를 보고 싶은 날이면 찾아가던 조그만 영화관이 얼마 전 사라졌다는 사실을 알게 됐을 때, 아무리 오래 수다를 떨거나 작업을 해도 눈치가 보이지 않았던 집 근처 카페에 더 이상 불이 들어오지 않을 때. 그럴 때면 섭섭한 마음과 함께 이런 생각이 든다. 나는 얼마나 많은 여전함과 함께 살아가고 있을까?

작년 여름, 오랜 친구와 10년 만에 옛 동네를 다시 찾은 적이 있다. 낡은 슈퍼는 커다란 편의점으로, 떡볶이집은 철물점으로, 꽃집은 학원으로. 너무 많은 것들이 바뀐 낯선 풍경을 보며 우리는 10년이 얼마나 긴 시간인지를 새삼 느꼈다. 서운한 마음 반, 신기한 마음 반으로 동네를 걷던 중 낯익은 건물을 발견했다.

뽑기 기계와 아이스크림 냉장고, 천장에 주렁주렁 매달려 있는 훌라후프와 색색의 고무공, 이제는 아무도 동전을 넣지 않을 것 같은 오락기. 그냥 지나치는 날이 거의 없었던 동네의 작은 문방구였다. 그 익숙한 모습이 얼마나 반가웠는지. 다 낡아 군데군데 글자가 벗겨진 보라색 간판을 보는 순간 그 시절의 모습이 생생하게 기억나기 시작했다. 이천 원짜리 필통 하나를 살까 말까 30분도 넘게 고민하다 주인 아저씨께 한 소리 듣고 말았던 일도, 미술 수업이 있는 날이면 평소보다 일찍 집에서 나와 도화지를 샀던 일도, 동전 몇 개를 가지고 들어가 양손 가득 불량식품을 들고 흐뭇한 마음으로 나왔던 일도.

어린 시절을 함께한 낡은 문방구가 아직도 자리를 지키고 있다는 사실이 너무도 감사하게 느껴졌다. 그 모습을 함께 바라보며 반가움을 나눌 수 있는 내 곁의 오랜 친구도. 우리는 여전함이 고마운 세상을 살고 있다. 밀려드는 새로움 속에서도 나의 여전한 것들이 언제까지나 여전했으면 좋겠다. 쌓여가는 시간만큼 내가 가진 여전함 역시 차곡차곡 쌓여갔으면 좋겠다. 지나간 날들이 영영 지나가 버리지 않도록.

환
청

그 시절 들었던 노래에는 전부 가사가 없어서 나는 내가 잠든 사이에 누군가 가사를 훔친 줄만 알았다. 어떤 가사는 잊혔고 어떤 가사는 죽었고 또 어떤 가사는 있어도 들리지 않았다. 어제 사랑을 말했던 노래는 오늘 이별을 말했고, 오늘 탄생을 말했던 노래는 내일이면 죽음을 말할 것이다. 노래는 그저 노래일 뿐이란다. 당신은 말했지만 노래는 노래가 아니고, 우리는 오늘도 가사 없는 노래에서 목소리를 듣는다.

체
리

좋아하는 과일이 뭐예요? 싱거운 질문에 잠시 고민하다 체리를
좋아해요, 수줍은 표정으로 너는 대답했지. 아, 체리가 이리도
고운 단어였다니. 체리, 체리, 체리. 한참을 속으로 중얼거렸어.
너는 지금도 체리를 좋아할까. 네 생각이 닿은 자리에 옅은 체
리향이 피어난다.

누구도 사랑하지 않지만, 누구라도 사랑하고 싶은 날이 있다. 마음속 한구석에 조그만 구멍이 생길 때가 있다. 그럴 때면 우리는 그 결핍을 채우기 위한 각자의 방법을 찾는다. 누군가는 몇 잔의 술을, 누군가는 마음을 나누지 않은 사람과 몸을 나누며 보내는 더운 밤을, 또 누군가는 늦은 새벽의 라면 한 봉지를. 하지만 그건 바닥이 없는 컵에 물을 붓는 일과 같아서 결국 언젠가 그렇게 피하고 싶었던 자신의 결핍을 정면으로 마주해야만 하는 순간이 온다. 벌거벗은 모습의 결핍 앞에서 사람들은 누구나 미숙한 존재가 되어 중심을 잃고 흔들린다. 어디가 아픈지도 모른 채 앓고 또 앓는 날의 연속이다. 낙하하는 마음을 잡아 줄

하얀 손을 기다리며, 그 눈부신 빛을 꿈꾸며.

그래도 사랑이 그리워 사람을 찾는 사람이 나는 두렵다. 나의 당신이 아닌 그저 빈 공간을 채워 줄 불특정한 온기를 찾는 마음이 두렵다. 누군가의 유일을 탐내는 일은 상처를 남긴다. 유일이라는 단어가 발붙일 곳이 없는 사랑은 가끔 외롭다. 온전하지 못한 태양은 조그만 풀잎 하나 지켜내지 못해서 세상의 사랑은 너무 자주, 너무 빠르게 시든다.

소
나
기

그해 여름에는 비가 잦았다. 풋사랑은 생각했던 것보다 제법 뜨
거웠다. 그 열기에 아직 채 여물지 않은 내가 데일까, 그 계절의
나에게는 자꾸만 차가운 네가 내렸다. 아무도 우산을 펼치는 방
법을 가르쳐 주지 않았기에 나는 그 한여름 소나기의 중심에 홀
로 서서 얇은 옷을 흠뻑 적시고만 있었다. 장마는 그리 길지 않
더라. 지루한 여름이 끝나고 저 멀리 가을의 입구가 보일 때쯤
이면 결국엔 젖은 옷도 다 마르고 말더라. 소나기는 그렇게 젖
었던 흔적도 없이 사라지고 말았다.

회
색

당신은 흐렸다. 빨강과 파랑이, 노랑과 초록이 넘치는 채도 높은 세상 속 유일한 회색이었다. 건조한 날들이 이어졌지만 갈증을 느끼지 못했다. 바짝 말라 가는 입술을 알아챌 겨를이 없었다. 저 구석 어딘가에 남아 예고도 없이 불쑥 고개를 내미는 지난날의 흔적을 마주할 때면 종종 그런 생각을 했다. 미지근한 당신은 나에게 그 어떤 얼룩도 남기지 못할 거라고. 섣부른 확신으로 얻은 여유를 타고 올라가 하늘의 끝에 손을 뻗었다.

당신이 떠난 자리에는 먹구름이 남았다. 흐린 하늘은 비를 뿌렸다. 장마 속에서 나는 목이 말랐다. 남겨진 나의 세상에는 빨강도, 파랑도 없었다. 회색을 닮은 빨강이, 회색을 닮은 파랑이 있을 뿐. 나는 당신을 회색으로 그렸나 보다. 그래, 아마도 당신은 회색이었나 보다.

— 때로는 흐린 얼룩이 더 오래 남는다. 가장 선명한 흔적이 되어.

담
배
냄
새

나는 담배를 싫어합니다. 초등학교 시절, 아빠는 결핵을 앓고 있었습니다. 그때는 몰랐습니다. 왜 아빠가 절대 우리와 같은 컵을 쓰지 않는지, 끼니 때마다 꼭 초록색 풀잎 그림이 그려진 아빠의 수저만을 고집하는지, 항상 칫솔을 따로 두는지. 엄마는 말했습니다. 아빠는 폐가 아픈 거라고. 폐라는 장기가 어디에 달린 건지도 몰랐던 나는 그저 고개만 끄덕였습니다. 학교에 갔다 오면 가끔 집에서 링겔을 맞는 아빠의 모습을 마주해야 하는 날이 있었습니다. 길게 늘어진 링거줄과 하얀 종이봉투 가득한 약, 조용히 감긴 눈을 볼 때면 어린 마음에도 심장이 덜컥 내려앉는 기분이 들었습니다.

그런 생각을 했던 것 같습니다. 아, 폐가 아프다는 건 참 슬픈 일이구나. 나는 절대 담배를 피우는 사람을 좋아하지 말아야겠구나. 세상에서 가장 사랑하는 사람이 하루하루 말라 가는 모습을 보는 건 참 힘들었습니다. 다시는 감당하고 싶지 않은 일이었습니다. 조금 더 자라 결핵과 담배는 별다른 관련이 없다는 사실을 알게 된 후에도 그 생각은 변하지 않았습니다. 언젠가 아픈 모습을 보일 것 같은 사람을 사랑하고 싶지 않았습니다.

대학교에 입학하고, 태어나 두 번째로 짝사랑을 했습니다. 누군가를 좋아하게 되는 일이 정말 드문 내가 꽤 오래 마음에 담았던 사람이었습니다. 그 사람에게서는 항상 담배 냄새가 났습니다. 그런데 정말 이상하게도 그렇게 싫어했던 그 냄새가 싫지 않았습니다. 그런 내가 스스로도 당황스러웠습니다. 아직 익숙하지 못한 짝사랑은 그렇습니다. 아주 작은 일에도 덜컥 겁을 먹곤 합니다. 도대체 내가 왜 이럴까, 이래도 괜찮은 걸까. 복잡한 감정을 모아 커다란 보따리에 싸매고 누가 볼까 품에 꼭 끌어안고 다닙니다. 잠시 내려놓는 순간 혹여나 누가 가로채지 않을까, 나도 모르는 사이에 사라지지 않을까. 가진 것도 없는 주제에 혼자서 그런 고민을 합니다.

그날은 수업 준비로 암실을 만들기 위해 강의실 벽에 까만 전지를 붙이고 있었습니다. 저 위까지 키가 닿지 않는 나를 돕기 위해 그 사람이 가까이 다가온 순간, 코끝에 스치던 담배 냄새를 아직도 잊지 못합니다. 이러다 정말 입 밖으로 덜컥 튀어나오지 않을까 싶을 정도로 빠르게 뛰던 심장도, 그날 그 7층 강의실 공기의 미지근한 온도까지도.

살면서 다시 또 그렇게 누군가를 좋아할 수 있을까요. 이제 나는 돌려받지 못할 애정을 쏟는 일에 관대하지 않습니다. 내가 받을 상처를 먼저 계산하고, 마음이 더 커지기 전에 적당히 싹을 자르는 방법도 알아버렸습니다. 그 과정이 그렇게 슬프게 느껴지지 않는다는 사실이 조금 서글픕니다.

그래요, 나는 지금 그 사람이 아닌 그 순간의 나를 그리워하고 있습니다. 너무 멀어져 버린 순수라는 단어를. 이제 더는 예쁜 모습으로 기억될 일이 없을 것만 같은 그날의 담배 냄새를.

소
라

아주 멀리 떨어진 곳에서도 기억하고 싶어서
너의 목소리를 나에게 담았어.

깊은 밤,
네 품에 안겨 잠들던 순간이 그리울 때면
가만히 숨을 멈추고 나에게 귀 기울였지.
저 깊은 곳에서 나를 부르는 목소리를 들었지.

— 잘 지내니, 나의 바다.

해
열

너와 함께했던 시간을 모아 조각틀에 얼려 놓고
네 생각에 열병 앓는 밤이면 한 조각 꺼내 녹여 먹었지.

그러면 아주 조금,
열이 내리는 것 같았지.

낡은 것

내가 너희 아빠 만나서 이렇게 살았다. 여름철 한 봉지 가득 산 옥수수를 찌기 위해 다용도실 구석에서 낡은 냄비를 꺼낼 때, 새로 산 시트를 깔았지만 촌스러운 침대 헤드 때문에 생각했던 분위기가 나오지 않을 때, 홈쇼핑에서 이름도 어려운 프랑스산 7종 주방 칼 세트를 팔 때면 엄마는 가끔 그런 말을 한다. 낡을 대로 낡아 버린 살림살이들이 꼭 거울 같다고. 그럴 때면 나는 습관처럼 말한다. 내가 돈 많이 벌어서 좋은 걸로 바꿔 줄게. 그리곤 엄마와 거실 바닥에 나란히 앉아 노랗게 익은 옥수수를 한 알씩 먹으며 드라마를 본다. 저거 아주 나쁜 년이야, 걸음마도 못 뗀 새끼를 버리고 도망가서 새살림을 차렸다니까. 너무도 분명한 선과 악이 존재하고, 온갖 시련을 이겨낸 주인공이 마침내 사랑을 쟁취하는 맵고 짜고 뻔한 드라마를 엄마는 참 열심히도 본다. 그 모습이 짠해 드라마가 끝나기 전까지 거실을 떠나지 못하고 맞장구를 친다. 세상에서 제일 재미있는 이야기라도 듣는 것처럼.

그래도 나는 엄마가 거울 같다 말했던 그 낡은 물건들이 좋다. 열 살 무렵, 나무 냄새 가득한 작은 동네 공방에서 맞췄던 딱딱한 소파가 좋다. 여름이면 땀을 뻘뻘 흘리며 집으로 돌아와 복숭아 아이스티 가루와 함께 꺼냈던 까끌한 감촉의 유리컵이 좋다. 젊은 날의 엄마가 고르고 골라 혼수로 준비했을 투박한 칼이 아직도 우리 집 주방에서 자리를 지키고 있다는 사실이 좋다. 흐릿하게 남아있던 상표조차 지워진 칼이 아직 충분히 제 몫을 해내고 있는 모습을 보면 왠지 모르게 안심이 된다. 엄마의 된장찌개를 먹을 수 있는 날이 그래도 아직은 많이 남아 있다고 믿게 된다.

낡은 것들의 힘은 생각보다 강하다. 언제나 있었던 그 자리에

묵묵히 서서 우리가 살아온 시간을 증명해 준다. 그 수많은 하루하루가 정말로 존재했던 시간이라는 확신을 준다. 우리는 오늘도 함께 하루 더 낡았고, 하루 더 늙었다. 그렇게 같은 시간을 살았다.

소
화

밥을 삼킬 수 없는 날들이 계속되었다. 지는 노을이나 한 국자
퍼다가 거기 네 생각을 말아 먹었다. 겨우 한 그릇 먹었는데 이
틀이 지나도 소화되지 않았다. 누군가는 말했다. 스쳐 가던 어느
밤, 잠시 타오르던 불꽃일 뿐이라고. 겨울날 바싹 마른 나무를
감싸고 있는 수많은 전구 중 하나일 뿐이라고. 그럼에도 그랬다.
아무리 꼭꼭 씹어 삼켜도 소화되지 않는 마음이 있었다. 너를
그리는 마음이 그랬다. 그리움이 그랬다.

할
머
니
와

달
걀
프
라
이

많은 일이 있었고, 조용한 설을 보냈습니다. 가족들은 설날에도 일을 했고, 나는 평소처럼 사진을 찍고 글을 썼습니다. 늦은 저녁을 먹으며 엄마가 말했습니다. 그래도 연휴 끝나기 전에 병원에 한번 가 봐야 하는데. 나는 그저 평소처럼 그러게, 하며 고개만 끄덕였습니다. 그날 저녁 우리가 무엇을 먹었는지, 어떤 드라마를 봤는지 아무리 생각해 봐도 기억이 나지 않습니다. 너무도 평범한 저녁이었기 때문일까요.

연휴 마지막 날, 할머니는 마지막 인사도 남기지 못한 채 세상을 떠나셨습니다. 그 밤, 할머니의 곁에는 아무도 없었습니다.

미지근한 병실의 공기와 하얀 이불, 딱딱한 침대가 전부였겠지요. 할머니의 마지막 설은 그랬습니다. 다섯 자식들의 얼굴도, 열이 넘는 손주들의 얼굴도 끝내 볼 수 없었습니다.

쉰이 넘은 엄마도, 예순이 넘은 외삼촌도 절을 올리다 말고 바닥에 주저앉아 엉엉 울었습니다. 엄마라는 존재의 상실 앞에서는 세상 그 어떤 단단한 어른들도 그저 어린아이가 되어버립니다. 몇 년 만에 조문객으로 다시 만난 친구들에게 엄마는 말했습니다. "볼 수 있을 때 많이 봐. 나는 이제 우리 엄마 보고 싶어도 못 봐. 다 때가 있더라, 정말 그렇더라." 눈물을 삼키느라 말을 제대로 마치지는 못했지만요. 그 말이 가슴에 콕 박혀 빠지지 않아요. 그날은 엄마의 생일이었습니다.

맞아요, 모든 것에는 다 때가 있습니다. 사람들은 말합니다. 시간은 우리를 기다려 주지 않는다고. 하지만 사실 그 모든 시간들이 우리도 몰랐던 기회였겠지요. 지나고 나면 무엇으로도 다시 얻을 수 없는. 그리고 지금도 그저 흘려보내고 있겠지요. 사랑한다 말할 수 있는 기회를, 손을 잡을 수 있는 기회를, 내일을 꿈꿀 수 있는 기회를.

언제였는지도 정확히 기억나지 않는 그 옛날 할머니가 만들어
주셨던 달걀프라이가 먹고 싶어요. 꿈에서라도 다시 먹게 된다
면 노른자가 덜 익었다 투정하지 않을 수 있을 것 같아요. 자꾸
만 후회가 됩니다.

풍
선
껌

내 체력이 정말 형편없는 수준이라는 사실을 인정한 요즘은 저녁마다 운동을 하려고 노력한다. 운동이라고 해 봤자 빠른 걸음으로 옆 동네 공원을 몇 바퀴 도는 정도지만. 그렇게 몇 주를 반복하며 느낀 건 나의 이상한 승부욕이다. 나는 타인에 대한 승부욕은 꼭 필요한 만큼도 없으면서 자신에 대한 승부욕은 쓸데없이 넘친다. 저녁을 먹은 뒤 오늘은 딱 세 바퀴만 돌아야지, 하는 가벼운 마음으로 집을 나선다. 그런데 막상 공원에 도착해 세 바퀴를 돌고 나면 겨우 세 바퀴로 만족하는 나를 이기고 싶다는 생각이 저 밑에서부터 스멀스멀 피어오른다. 그렇게 두 바퀴를 더 돌아 다섯 바퀴를 채우고 나면 같은 이유로 두 바퀴를 더 돌고, 결국 꾸역꾸역 열 바퀴를 채운 뒤에야 녹초가 된 몸을 이끌고 집에 돌아온다. 그리고 그대로 침대에 뻗어 샤워조차 하지 못한 채 멍하니 천장만 바라본다. 세 바퀴 감당하기도 벅찬 체력으로 열 바퀴를 돌다니, 미련한 짓이다.

어쩌면 너에 대한 마음도 그랬다. 조금만 더, 조금만 더 했던 건 내 욕심을 채우기 위한 것이었을지도 모른다. 내가 너를 제일 사랑해. 세상에서 너를 제일 좋아하는 사람은 나여야만 해. 스스로에 대한 어떤 승부욕이었을지도 모른다. 조금만 더, 조금만 더. 욕심내지 않았다면 영원했을까. 그래도 그때는 그게 사랑인 줄 알았다. 꼭 열 번을 채우고 말겠다는 욕심이, 끊임없이 불어넣는 숨결이 버거웠던 너는 결국 툭 터져 버리고 말았지만.

새
우

그 사람은 그랬어. 언젠가 같이 저녁을 먹는데, 자기 몫으로 나
온 커다란 새우를 내 접시에 올려 주는 거야. 조금의 망설임도
없이. 그 해산물 스파게티에는 새우가 딱 한 마리만 들어있었는
데도. 마주친 눈이 수줍게 반달 모양으로 접혔어. 그 사람이 새
우를 얼마나 좋아하는지 너는 모를 거야. 그 새우 한 마리 때문
에 해산물 스파게티를 주문하는 사람이었어.

이건 지나고 나서야 든 생각이거든. 어쩌면 조금 웃기게 들릴지
도 모르겠지만 나는 살면서 아직도 그때처럼 내가 누군가에게
사랑받고 있다고 느꼈던 적이 없어. 언젠가의 기념일에 꽤 비싼

반지를 받았던 순간에도, 밤을 꼬박 새워 빼곡히 쓴 편지를 받았던 순간에도.

어쩌면 사람이란 원래 그런 거고, 또 사랑이란 원래 그런 게 아닐까. 가장 사소했던 순간이 가장 마지막까지 남아 자신의 존재를 알리며 말없이 반짝이고 있는 게 아닐까. 그날의 새우 한 마리처럼.

고등어조림

비린내라면 질색을 하는 나는 엄마가 생선을 굽는 날이면 방에서 혼자 시리얼을 먹었다. 저 멀리 바닷가 마을에서 나고 자란 네가 제일 좋아하는 음식은 고등어조림이었다. 나는 엔딩 크레딧을 보기 위해 영화관에 갔다. 모두가 사라진 상영관에 끝까지 자리를 지키고 앉아 제일 마음에 들었던 장면이 너무 빨리 기억에서 날아가지 못하게 하얀 글자들로 풀칠을 했다. 성격이 급한 너는 코트도 걸치지 않은 채 자리에서 제일 먼저 일어나는 사람이었다. 나는 이제 막 날이 밝기 시작하는 새벽에 잠들어 하늘이 붉게 물드는 오후에 하루를 시작했고, 너는 자정이 되기 전 잠들어 떠오르는 해보다 먼저 침대 밖으로 나왔다.

끝과 끝에서, 그래도 우리는 사랑을 했다. 너와 함께 먹는 고등어조림은 하나도 비리지 않았고, 눈치를 살피며 일어나려는 내 어깨를 꾹 눌러 앉힌 너는 글자밖에 없는 그 새까만 화면을 나보다도 더 열심히 봤다. 나의 태양은 평소보다 조금 일찍, 너의 달은 조금 늦게 떠올랐다. 겹쳐진 시간 속에서 우리는 비슷한 꿈을 꾸며 잠들었다.

언제부턴가 우리는 서로의 세계에서 한 걸음씩 멀어지고 있었다. 너는 더 이상 네가 제일 좋아하는 고등어조림 식당이 있는 논현역으로 나를 데리고 가지 않았고, 나는 광화문 뒷길 작은 상영관으로 너를 데리고 가지 않았다.

요즘 우리는 다 식어 버린 커피를 사이에 두고 자꾸만 시계를 본다. 커피가 써서 네가 쓰다. 아니, 네가 써서 커피가 쓴 걸까.

내가 걷는 길은 자갈밭이었고 너는 유리알이었어. 어둠이 내리기 전에 집으로 가자, 자꾸만 재촉하는 네 말을 듣지 말걸 그랬어. 뾰족한 돌부리에 걸려 넘어졌을 때 너는 산산이 조각나 버렸지. 깨진 파편을 쥐고 나는 손바닥을 적시는 붉은 피조차 사랑이라 여겼어. 그래, 이제는 집으로 가자. 어둠이 내리기 전에 집으로 가자.

우
리

우리가 함께 있지 않는 시간에도
우리의 우리는 안녕했으면.

너와 나는,
그렇게 여전히 우리였으면.

재
회

떠나간 것들이 모여 사는 별이 있었으면 좋겠다.
언젠가 먼 길 지나 그 별에 닿을 때
우리, 아득히 긴 시간을 건너 결국 다시 만났구나.
손을 뻗어 악수를 나눌 수 있었으면 좋겠다.

생각

커피를 마시다 생각했다. 너는 시럽을 두 번 넣은 라떼를 좋아한다고. 노래를 듣다가 생각했다. 지난번 네가 말했던 그 밴드의 노래라고. 빨래를 널다가 생각했다. 언젠가 네가 입었던 셔츠의 색깔과 비슷하다고. 그러다 문득 내가 없는 시간의 네가 궁금해졌다. 너 역시 아주 사소한 순간에 문득 나를 떠올렸으면 좋겠다. 그랬으면 좋겠다.

조약돌

너와 함께 강가를 걸었어. 네 눈을 바라볼 용기가 나지 않아 고개를 푹 숙이고 걸었지. 이따금 조약돌을 주웠어. 그렇지 않으면 덥석 네 손을 잡아 버릴 것 같아서. 잠시 쉬었다 가자 말하는 너의 곁에 앉아 돌을 골랐어. 가장 반질반질 윤기가 나는 녀석을 고운 손바닥 위에 올려 주었지. 그런 날이 있었어. 새하얀 돌멩이 하나가 마치 보석이라도 되는 듯 나는 밀려드는 감동에 벅차고, 너는 설레는 마음에 귀 끝을 붉게 물들이던 날이.

스
침

영원히 간직하고 싶은 것들은 머무르는 법이 없었다. 가장 아름
다운 밤하늘을 선물했던 유성도, 고운 꽃잎 흩날리며 마음을 간
지럽히던 어느 봄날도, 사랑이라 부르고 싶었던 사람도. 그래,
나는 스침을 사랑하는구나. 그렇게 생각하면 조금 나았다. 순간
의 기억으로 하루를 살아낼 수 있었다.

5

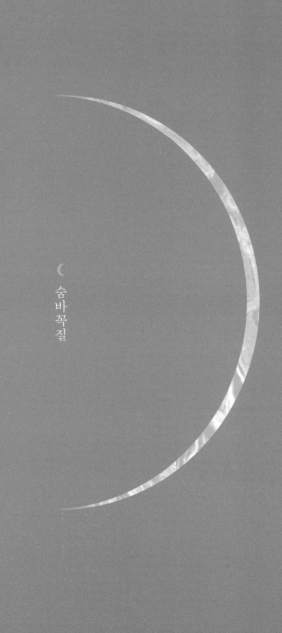

숨
바
꼭
질

술래잡기

나는 요즘 자주 울고 싶었다. 자주 세상이 안개 속에 잠기는 나에게 당신은 말했다. 너는 이제야 사람이 되려나 보다. 사람은 울면서 태어나 울면서 사람이 된단다. 내일 아침 국을 끓일 콩나물을 사러 가던 길, 낡은 운동화 밑창에 붙은 껌이 슬퍼 울었다. 나는 아직 사람이 되고 싶지 않았는데, 사람이 되고 싶지 않은 마음으로 사람이 된 나에게 사람의 모습을 한 그들은 자꾸만 박수를 보냈다. 나는 겁이 나서 사람 놀이를 그만두고 싶었다. 영원히 끝나지 않을 술래가 된 기분이었다.

비
누

너에게선 항상 비누거품 냄새가 났어. 그 냄새를 맡을 때면 기분이 몽글몽글해졌지. 어떤 냄새에 대한 기억을 누군가에게 모조리 내어 주는 건 위험한 일이었나 봐. 손을 씻을 때마다 네가 떠올라. 이제는 비누를 보면 울 것 같은 기분이 되어 버리곤 해. 너는 너무 미끄러워서, 아직도 나는 기억 속에서 자주 넘어져.

（

임
종

병원의 공기는 무겁다. 삶과 죽음의 경계에서 그 어떤 의미도
부여받지 못한 시간은 무채색으로 더디게 흐른다. 누구에게나
한 번쯤 그 속에 가만히 서서 꺼져가는 희미한 목숨을 바라보고
있어야만 하는 순간이 찾아온다. 숨이 턱 막히도록 마음속 어딘
가를 짓누르는 무거운 공기는 잡은 손에 힘을 주며 깍지를 낀
다. 차마 그 손을 놓을 수도, 더 잡을 수도 없어 고개를 숙이면
익숙한 감정과 눈을 마주친다.

우리는 모두 비슷한 종류의 후회를 안고 살겠지. 그건 어쩌면
누군가의 오늘을 태워 나의 내일을 밝힌 벌이겠지. 한때 건재함

을 과시했던 푸르른 나무는 마른 장작이 되어 불길 속으로 몸을 던진다. 잡은 손을 놓는다. 놓지 못한다. 놓는다. 병원의 공기는 무겁다.

사랑은 자주 이름을 바꿨어. 어쩌면 애초에 그건 사랑이 아니었을지도 몰라. 너를 사랑하기 전에 나는 너를 좋아했었고, 너를 좋아하기 전에는 알고 싶었지. 호기심은 호감이 되고 호감은 사랑이 되었는데, 그러면 이제 사랑은 무엇이 될까. 사랑만큼은 영원히 사랑으로 남기를 바랐지만 먼저 겪은 사람들이 말하더라. 그건 너무 어려운 일이라고.

먹구름이 낀 하늘에서는 자주 비가 내리고, 젖은 것들에게는 얼룩이 남아. 후회, 미련, 증오, 집착, 연민, 동정, 권태. 우리에게도 그런 얼룩이 하나쯤 남겨지게 될까.

이불 속에서 우리는 꿈을 꾸었습니다. 하늘은 푸르렀고 새들의 날갯짓은 아름다웠지요. 나는 이불 밖의 당신에게 가볍게 입을 맞추고 오늘의 풍경을 준비합니다. 당신 하나로 세상은 가득해지고, 비로소 하루는 어떤 의미를 가집니다.

사랑이란 눈에 보이지 않는데, 보이지 않는 것이 어찌 이토록 아름다울 수 있느냐 물으셨지요. 눈을 감는 순간에도 사라지지 않으니까요. 꿈이 물러난 자리, 사랑은 항상 그곳에 두겠습니다. 필요한 만큼 가져다 쓰세요.

너는 나의 환상, 너는 나의 현실

가끔 네가 아득히 먼 환상처럼 느껴질 때가 있어. 비 내리는 날의 버스 창가에서 파르르 떨리는 나뭇잎을 바라볼 때. 긴 낮잠을 자다 깨어난 토요일 저녁 무렵, 반쯤 어둠이 내려앉은 거실 형광등 스위치를 켜기 직전. 아침에 일어나 샤워를 하다가 갑자기 차가운 물이 나와 정신이 번쩍 들며 남은 잠이 후다닥 달아나는 게 느껴질 때.

그럴 때면 나는 당신 이불의 감촉과 두께를 떠올려. 중간부터 아무렇게나 쥐어짠 귀여운 치약을 생각하며 미소 짓고, 왼쪽부터 신발을 신는 습관과 엘리베이터를 탈 때면 거울 대신 바닥의

무늬를 관찰하는 눈동자를 떠올려. 어느 아침 너의 볼에 떨어져 있던 가느다란 속눈썹 하나를, 어딘가 엉성한 젓가락질을 떠올려. 그리고 느껴, 환상 같은 네가 나의 현실 속에서 숨 쉬고 있다는 것을.

사랑이 아득해지는 순간, 헬륨 풍선처럼 어디론가 멀리 날아가 버릴 것처럼 느껴지는 순간 풍선끈에 조그만 돌멩이 하나를 매달아 주는 건 현실이었어. 현실과 환상 사이에서 사랑하자. 그 경계에 마음을 두자.

너는 나의 환상, 너는 나의 현실.
우리 사랑은 지금 여기 여전히 존재하고 있어.

순간의 감정

사실 나는 사랑을 믿지 않아요. 세상에 그보다 더 불완전하고
불안정한 것도 없다고 생각해요. 순간의 감정, 언제든 사라질 수
있는.

사랑에 빠지는 각자의 속도가 있다. 물론 상대마다 다르겠지만 그래도 평균적인 자신만의 속도가 존재한다고 생각한다. 나의 경우에는 느려도 너무 느리다. 사랑에 빠지는 속도로 달리기를 한다면 백 미터를 온종일 달려야 할 정도로. 딱히 눈이 높은 것도 아니고, 그래야겠다고 마음먹은 것도 아닌데 나는 누군가를 쉽게 좋아하지 못하는 편이다. 주위에 좋은 사람이 있어도, 친한 친구들이 모두 연애를 시작해 주말이 조용해져도 좀처럼 좋아하는 사람이 생기지 않는다. 아주 가끔 누군가를 좋아할 때면 그 사람 자체보다 그 사람을 좋아하는 내 모습을 보며 더 자주 기뻤다. 그건 어떤 안도감이었다. 나도 누군가를 좋아할 수 있는 사람이구나. 나 지금 다른 사람에게 애정을 쏟을 만큼의 여유는 가지고 있구나, 하는.

그래서인지 사랑에 쉽게 빠지는 사람을 시기한다. 아무리 나를 좋아해 줘도 내 마음이 가지 않으면 좋아지지 않는 나와 다르게 자신에게 관심을 보였다는 이유만으로도 누군가를 쉽게 좋아할 수 있는 사람들을 질투한다. 설렘이 자주 찾아오는 삶은 어떤 색일까. 자주 부풀 수 있는 마음은 얼마나 말랑하고 부드러울까. 부러우면서도 이해할 수 없고, 그렇게 되고 싶다가도 되고 싶지 않은 마음이 복잡하게 얽힌다.

어쩌면 사랑도 하나의 재능이지 않을까, 그런 생각을 한다. 나에게는 왜 사랑에 빠지는 재능이 없을까, 그런 원망도 한다. 나에게 없는 재능을 가진 사람들이 더 많이 사랑하고, 아프고, 행복했으면 좋겠다. 내가 계속 그들을 부러워하도록. 조금씩 자라난 부러움이 어느 날 나에게도 그 재능을 물어다 주도록.

다
름

산을 좋아하는 물고기도 있고, 바다를 좋아하는 꽃도 있어요.
틀리지 않아요. 다르다고 말해 주세요.

이
웃

네가 깊은 어둠 속으로 가라앉고 있을 때,
나는 너의 손을 잡고 함께 눈을 감고 싶어.
너의 어둠과 이웃이 되고 싶어.

닿을 수 없는 말

축구를 사랑하는 그 아이를 나는 사랑할 수 없었고, 나는 그 아이를 사랑하는 소녀들을 사랑했지만 그래 그들 역시 나를 사랑할 수 없었지. 외로움은 돌고 돌아 눈덩이처럼 불어나고 어느날 우리는 모두 사라질지도 몰라. 축구를 사랑하는 아이에게 말하고 싶었지만 그 아이에겐 내 말이 닿을 수 없었어. 닿을 수 없는 말들은 어떤 모양으로 흩어졌을까.

도
쿄

오랜만에 만난 당신은 나에게 도쿄 이야기를 했습니다. 저기 바다 건너 낯선 도시의 풍경이 닿을 듯 말 듯 다가오지만, 나는 도쿄에 가 본 적이 없어 당신은 나를 도쿄로 데려가지 못합니다. 우리 이제 그만 일어날까요. 아, 드디어 각자의 도쿄로 돌아갈 시간이군요. 나는 도쿄에서 막 돌아온 사람의 얼굴을 하고 식은 커피를 들이킵니다.

고작 테이블 하나만큼의 거리가 지구의 끝과 끝처럼 느껴지는 순간이 있습니다. 허공을 둥둥 떠다니는 대화들. 쏟아지는 단어 속에서 멀미를 느낄 때면, 누구도 침묵하지 않지만 우리는 모두 침묵합니다. 집으로 돌아가는 길에는 버스를 탑니다. 오후 여덟 시 반의 버스에서는 누구도 말을 하지 않습니다.

나는 오늘, 한 번도 다녀온 적 없는 도쿄에 다녀왔습니다.

불
안

묻고 싶었어. 너도 가끔 나의 부재를 상상했는지, 우리가 함께
보낸 그 수많은 날들 중 단 한 번이라도 나를 떠올리며 불안함
을 느낀 적이 있는지, 잠들지 못한 채 뒤척이는 새벽의 이유가
나였던 날이 있는지.

묻고 싶었어. 너의 한숨은 내가 가진 모든 세상을 펄럭이게 만
드는 태풍이었어. 나의 한숨은 너에게 얼마만큼의 무게로 내려
앉았을까. 여린 촛불 하나 휘청이게 만드는 작은 입김이었을까.

나는 가끔 한없이 약한 모습의 너를 보고 싶었어. 내 옷깃을 붙

잡는 손을, 내 뒷모습을 담은 눈동자를, 떨어지지 않는 무거운 발걸음을. 그런 생각을 하는 날이면 가시 하나가 뾰족하게 돋아나 마음을 찔렀어. 아무리 찔려도 무뎌지지 않는 마음이 있었어. 너의 불안을 바라는 그 못난 마음을 너는 알까. 붉은 살점이 보일 때까지 딱딱한 손톱을 물어뜯는 마음을 알까.

좁은 인간관계를 선호한다. 깊은 척하는 관계보다는 차라리 서로의 얕음을 인정하는 관계를 선호한다. 너무 많은 노력을 요하는 관계를 좋아하지 않는다. 사람들은 너무 넓기를 바라고, 또 너무 깊기를 바란다. 나의 존재가 한없이 초라해지고 작아지는 밤, 맥주 한 캔을 함께 비울 사람이 없다는 사실을 부끄러워한다. 친구라 부를 수 있는 사람들이 많아야만 한다는 강박에 시달리며 가벼운 인연을 우정으로 포장한다. 내 앞의 네가 나의 너이기를 바라고, 우리라는 단어 속에 자신을 가두며 안정감을 얻는다.

어젯밤 보았던 드라마 이야기를, 언젠가 맛있게 먹었던 저녁 식사 이야기를, 평생 얼굴 한 번 볼 일 없는 연예인 이야기를 제외하면 아무것도 남지 않을 대화를 한다. 세상에서 가장 얇은 관계를 심해보다 깊은 관계로 둔갑시킨다. 안타깝게도 우리가 헤엄치던 바다는 사실 어항이었음을, 한참이 지나고 나서도 인정하지 않는다. 가벼워질대로 가벼워진 소통이 결국 저 멀리 어딘가로 날아가 버린 순간, 또 하나의 인연이 나를 떠나간 것을 슬퍼한다. 하지만 사실 누구도 당신을 떠나지 않는다. 우리는 모두 그저 잠깐 스칠 뿐이다.

우리 집 거실에는 꽤 오랜 시간 함께 살아온 선인장이 있습니다. 아주 크지는 않지만 그렇다고 작지도 않은 그 선인장은 선인장이라는 단어를 들으면 거의 대부분의 사람들이 생각하는 모습을 하고 있어요. 불룩한 밑부분과 중간쯤 살짝 들어간 허리, 그리고 바늘처럼 생긴 가시가 콕콕 박혀 있는 모양이지요. 평소 꽃보다 선인장을 좋아하는 나에게 그 친구는 가장 아끼는 식물입니다. 하지만 가끔 그 선인장을 반으로 잘라 보고 싶다는 생각을 합니다. 그리고 구체적인 방법을 상상하죠. 자르게 된다면 가로 방향이 좋을까, 세로 방향이 좋을까. 가시에 찔리지 않을 정도로 두꺼운 장갑은 어디서 구해야 할까. 애정을 쏟는 대상을 해치는 일에서 쾌감을 얻는 위험한 종류의 인간은 아니니 걱정 마세요. 나는 혼자서 공포영화도 못 보는 겁쟁이니까요.

선인장을 자르고 싶다는 생각을 하는 건 단지 그 단면이 궁금하기 때문입니다. 물론 요즘 같은 시대에 선인장의 단면 쯤이야 인터넷을 뒤지면 얼마든 볼 수 있다는 사실을 잘 압니다. 하지만 굳이 그렇게 하고 싶지는 않아요. 내가 궁금한 건 선인장이라 불리는 식물의 보편적인 단면이 아닌 우리 집 거실 한 구석을 차지하고 있는 '내 선인장'의 단면이기 때문입니다. 누군가는 선인장의 단면이 다 똑같지 않겠냐고 말하겠지만, 나는 그 말에 동의할 수 없습니다. 세상 모든 선인장은 서로 다른 삶을 살아갑니다. 모두 다른 풍경을 보고 다른 소리를 들으며 다른 기분을 느끼겠지요. 그렇기에 나는 '내 선인장'의 단면이 궁금한 것입니다. 어쩌면 매일 거실에서 밥을 먹고 텔레비전을 보는 나와 가족들의 모습을 보며 자란 내 선인장의 마음이 궁금한 걸지도 모르겠습니다. 적당한 빈도로 적당한 양의 물을 주고 있는지, 가끔 조심스럽게 가시 끝을 만져 보는 손길이 싫지는 않은지, 일주일에 한 번 베란다로 옮겨 햇빛을 보게 하는 시간에는 어떤 생각을 하는지. 그 모든 것들이 궁금합니다. 강아지도 고양이도 아닌 겨우 선인장 하나 키우는 주제에 뭐 그리 유난이냐고 할 수도 있겠지요. 하지만 나는 그들이 강아지와 고양이를 사랑하는 것만큼 내 선인장을 사랑합니다.

다시 선인장의 단면 이야기로 돌아가 볼까요. 만약 어느 날 내 선인장이 죽는다고 해도 나는 칼을 들지 않을 겁니다. 그건 자르지 못하는 게 아니라 자르지 않는 거예요. 세상에는 너무도 궁금하지만 동시에 절대로 알고 싶지 않은 것들이 있습니다. 모순일지도 모르지만 정말 그래요. 직접 눈으로 확인하지 않았기에 나는 내 선인장의 단면을 마음껏 상상할 수 있습니다. 그 안에 아주 작은 낙타 한 마리가 살고 있다고 생각할 수도, 달콤한 푸딩이 들어 있다고 생각할 수도, 바나나 껍질처럼 샛노란 스펀지가 가득 차 있다고 생각할 수도 있지요. 말도 안 되는 상상이지만 누구도 부정할 수 없어요. 무언가를 모른다는 사실은 때로 그렇게 무한한 상상을 허락합니다.

가끔 사람도 그럴 때가 있어요. 도무지 속을 알 수 없지만, 그렇기에 어떤 상상이든 할 수 있는 그런 사람. 내게는 주로 짝사랑의 상대가 그랬습니다. 좀처럼 누군가를 좋아하게 되는 일이 없는 나에게도 두어 번의 짝사랑 상대가 있었습니다. 상대는 달랐지만 내 태도는 매번 비슷했어요. 그 사람의 마음이 궁금하면서도 절대 알고 싶지 않았죠. 그건 어쩌면 일종의 자기 방어였을지도 모르겠습니다. 언젠가 딱 한 번, 결국 호기심을 참지 못하고 칼을 들어 그 단면을 확인하고 말았던 적이 있었어요. 상상은 무참히 깨져 버렸고, 이미 부서져 다시는 붙일 수 없는 마음의 파편을 보며 늦은 후회를 하고 또 했죠. 비겁하다 욕해도 좋아요. 나는 앞으로 다시는 누군가의 단면을 보기 위해 칼을 들지 않을 것 같아요. 차라리 모르는 편이 훨씬 나은 것들이 세상에는 너무도 많은 것 같다는 생각을 합니다.

기
대

종잡을 수 없는 사람인 걸 보니 너는 무지개였나.

한바탕 쏟아붓던 소나기가 그치고 나면
어디선가 빼꼼 고개를 내밀 것만 같은.

눈
사
람

손에 쥐면 사라질 것 같아서 가만히 바라보고만 있었지.
그 눈빛이 뜨거워 조금씩 녹아내리는 줄도 모르고.

외
로
움

예고도 없이 쏟아진 외로움을 피하려 들어간 너의 그늘 속에서
나는 너라는 소나기에 또 얼마나 젖었던가.
애초에 그 작은 그늘 한 조각으로 피할 수 없는 것이었으니.
외로움이란, 원래 그런 것이었으니.

코코의 산책

그랬습니다. 그날은 소파 끝에 앉아 내가 제일 좋아하는 훈제 닭고기 육포를 먹으면서도 신이 나지 않았어요. 목 근처를 짧게 쓸어내리는 손길이 너무 반듯해 낯설었어요. 당신은 밖으로 나갈 준비를 했어요. 보송보송한 니트를 입고 크림색 목도리를 둘렀죠. 하지만 내 목은 허전했어요. 그렇게 싫어하던 답답하고 까슬한 목줄이 보이지 않았어요. 그래서 나는 어렴풋이 알 것도 같았습니다.

차를 탔어요. 창문이 열렸지만 평소처럼 밖을 보겠다 떼쓰지 않았어요. 착하게 굴면 다시 집으로 갈 수 있지 않을까, 낡았지만

271

푹신한 초록색 내 집과 깨물면 소리가 나는 작은 공을 다시 만날 수 있지 않을까 생각했기 때문입니다.

바닥은 축축하고 차가웠어요. 안녕, 나는 너의 새로운 초록색 집이야. 잔디가 젖은 목소리로 말을 했어요. 그래도 나는 떠나는 당신의 길에 비가 내리지 않기를 바랐어요. 비 내리는 날이면 시끄러운 알람 소리를 듣고도 한참이 지나서야 겨우 일어나던 모습이 떠올랐거든요. 등을 쓰다듬던 손길이 그리워 나는 조금 슬펐습니다. 내가 없는 당신의 밤은 어떤 모습일까요? 그 밤이 너무 많이 어둡지는 않았으면 좋겠습니다.

나는 산책을 하고 있어요. 긴 산책을 하고 있어요.

앵무새

해가 질 무렵의 붉은 오후였다. "나리는 말을 안 했어, 열심히 가르쳤는데." 눈도 마주치지 않은 채 그 아이가 나에게 건넨 첫마디는 그랬다. "옛날에 키웠던 앵무새. 빨간 깃털이 예뻤는데 나중에는 다 빠졌어." 자세히 보니 아까부터 바쁘게 손을 움직이며 그리고 있던 건 앵무새였다. 소묘가 아닌 수채화를 배우는 중이었다면 도화지 속의 깃털은 빨간색이었을까, 아마도 그런 생각을 했던 것 같다.

"예쁘네." 나도 모르게 나온 말이었다. 사실 나는 새를 무서워했다. 처음으로 내 눈을 똑바로 바라본 그 아이가 말했다. "거짓말."

이상한 일이었다. 그 뒤로는 일주일에 두 번 미술학원에 가는 날이 전처럼 싫지 않았다. 드디어 내가 그림에 흥미를 붙였다고 생각한 엄마는 학원에 가기 전이면 정성스러운 손길로 간식을 준비했지만, 그림을 그리는 일은 하나도 즐겁지 않았다.

그날도 도화지 가득 까만 동그라미만 그리고 있었다. 저 멀리서 의자를 끌고 다가와 옆에 앉은 그 아이는 꽤 진지한 표정으로 내 도화지를 바라봤다. 새까만 동그라미들이 꼭 그 아이의 눈동자 같아서 몇 번이나 마른침을 삼켰다. 긴장한 탓인지 손에 힘이 들어가 연필심이 툭, 부러졌다.

서툰 칼질을 한참 지켜보던 그 아이는 아무런 말도 없이 손을 뻗었고, 나는 끝이 울퉁불퉁해진 못생긴 연필을 내밀었다. 사각거리는 소리가 귓가를 간지럽혔다. 칼날이 지나간 끝은 점점 뾰족해지는데 마음 어딘가의 모서리는 자꾸만 녹아 둥글게 변했다. 한참 연필심을 다듬던 그 아이가 후, 입김을 불어 고운 가루를 털어냈다. 매끈하게 다듬어진 연필 한 자루가 책상 위에 놓였다. 다듬어지지 않은 심장이 멋대로 뛰었다.

내 그림은 언제나 다른 아이들의 그림보다 어둡고 진했다. 나는 연필심이 조금 더 빨리 무뎌지길 바라며 또다시 하얀 도화지를 검게 칠했다. 사각거리는 칼날의 소리를 다시 듣고 싶어서. 내리깐 눈에 촘촘히 자리 잡은 그 단정한 속눈썹을, 후 하고 입김을 부는 복숭아 같은 뺨을 바라보고 싶어서.

동
정

어쩌면 사랑이라 착각하기 딱 좋은 감정.

마을의 끝에 사는 작은 별이 있었습니다. 노래를 좋아하는 별은 손님이 찾아올 때면 언제나 가장 아끼는 금빛 찻잔을 꺼내 홍차를 대접했습니다. 네모난 각설탕이 스르륵 녹아드는 붉은 물결을 보며 별은 노래를 불렀습니다. 그 목소리가 너무도 아름다워 사람들은 기꺼이 먼 길을 걸어 마을의 끝으로 향했습니다.

매주 목요일 밤, 특별한 손님이 찾아오는 날이면 별은 아껴둔 노래를 불렀습니다. 그의 감은 눈을 바라보는 순간이면 세상이 멈추는 것 같았습니다. 마을의 끝이 마치 세상의 끝이 된 것처럼.

예고는 없었습니다. 별은 어느 날 갑자기 목소리를 잃었습니다. 목 끝까지 차오르는 소리를 삼키고 또 삼키며 별은 묵묵히 자리를 지켰습니다. 마을의 끝에는 더 이상 각설탕이 녹아든 홍차도, 금빛 찻잔도, 아름다운 노랫소리도 없었습니다.

발길이 끊어진 마을의 끝에는 적막만이 남았습니다. 철저히 혼자인 시간 속에서 별은 생각했습니다. 당신이 없어 외로운 것이 아니라, 당신을 담을 수 있었던 내가 없어 외로운 것이라고. 헤어짐이란 원래 그런 것이라고.

살아 있는 모든 것들은 언젠가 잠이 듭니다. 쌓이는 먼지가 포근해 별은 눈을 감았습니다. 노래를 부르는 꿈을 꿨으면 좋겠습니다. 영원히 끝나지 않을 기나긴 노래를 부르는 꿈을 꿨으면 좋겠습니다.

― 2006년 8월, 국제천문연맹에 의해 명왕성은 행성의 지위를 박탈당했습니다. 태양계에서도 퇴출되었죠. '수금지화목토천해명'을 공식처럼 외우고 있었던 나는 그 소식에 왠지 서운한 마음이 들었습니다. '소행성 134340'은 명왕성의 새로운 공식 명칭이 되었습니다. 134340이라는 숫자를 보고 명왕성을 떠올릴 사람은 그리 많지

않겠지만요. 플루토Pluto는 저승의 신 하데스의 로마식 이름입니다. 저승의 신, 명왕성은 이름부터 참 서러운 별인 것 같다는 생각이 듭니다. 한순간 반짝 빛났던 시절과 이별한 것이 어디 명왕성뿐일까요. 이제는 잠이 든 명왕성을 닮은 세상 모든 것들이 너무 외롭지 않았으면 좋겠습니다. 각자의 태양계에서, 우리는 모두 언젠가 명왕성이 되겠지요.

바
람

나긋이 부는 한낮의 봄바람에도
나는 네가 날아갈까 겁이 났었다.
두 팔을 벌려 울타리를 쳤지만
그래도 바람을 막을 수는 없더라.

저 하늘에 흩날리는 너를
다시 주워 담을 수는 없더라.

유
리

유리는 언제나 긴 머리를 허리까지 늘어뜨리고 다녔습니다. 가
느다란 손목과 예쁘장한 얼굴, 바비 인형이 그려진 이층 필통
속의 기다란 연필들, 성적순으로 수학 시험지를 받을 때면 언제
나 일등으로 나가는 그 당당한 뒷모습까지. 인정하고 싶지 않
지만 우리는 유리가 부러웠어요. 철없는 초등학생들의 설익은
감정은 부러움을 질투로, 질투를 미움으로 키워갔습니다. 그래
서일까요, 기억 속의 유리는 언제나 혼자였어요.

고작 열 살 무렵의 여자아이들에게도 분명 그들만의 세계가 존
재합니다. 언제부턴가 그 세계에 새로운 유행이 찾아왔습니다.

양갈래로 곱게 땋은 머리와 그 끝에서 달랑거리는 조그만 리본은 곧 우리의 자존심이 되었습니다. 아침마다 엄마를 졸라 촘촘히 땋은 머리는 유리의 앞에 설 때면 유독 자랑스러웠어요. 야무진 손길로 긴 머리를 땋아 줄 엄마가 유리에게는 없었거든요. 어쩌다 유리가 내 머리를 바라보기라도 하면 나는 우쭐했어요. 모든 걸 다 가진 것 같았던 그 아이에게 유일하게 없는 것을 내가 가지고 있다는 뿌듯함은 그동안 느꼈던 열등감에 대한 일종의 보상이었습니다.

어느 날, 유리의 머리가 달라졌습니다. 서툰 손길로 얼기설기 땋아내린 머리를 보며 우리는 수군거렸어요. 누군가 속삭였어요. "쟤 머리, 아빠가 땋아 줬나 봐." 그리고 또 누군가 대답했어요. "아니야, 혼자 땋은 것 같은데? 진짜 웃긴다. 저기 뒤에 잔머리 나온 거 보여?" 그 속삭임이 얼마나 잔인했는지 우리는 몰랐습니다. 그저 폭 숙인 유리의 고개에 뭔지 모를 묘한 승리감을 느낄 뿐이었지요.

유리는 다시 긴 머리를 허리까지 늘어뜨리고 다녔습니다. 그리고 양갈래로 땋은 머리에 싫증을 느낀 우리가 하나로 높이 올려 묶은 머리를 하고 다니기 시작했을 무렵, 유리의 머리는 어깨를 스치는 짧은 단발이 되었습니다. 단발머리를 한 유리는 여전히 예뻤습니다. 우리는 그렇게 열한 살이 되었습니다.

언젠가 꿈에서라도 유리를 다시 만나게 된다면 그 여린 마음을 곱게 땋아 열 살의 나에게 가장 소중했던 분홍색 리본을 달아 주고 싶어요. 그리고 말하고 싶어요. 미안했다고, 정말 많이 미 안했다고.

☾

부
유

문득 그런 생각을 했다. 당신의 세상을 하염없이 부유하는 나의
마지막은 어떤 모습일까. 떠도는 감정에 지쳐 힘을 쭉 빼고 될
대로 되라지, 눈을 질끈 감아 버렸을 때 내가 내려앉을 곳은 과
연 어딜까. 붉게 물든 이파리를 떠나보낸 앙상한 나뭇가지일까,
그림자마저 삼켜 버린 커다란 그늘일까, 새하얀 이불로 몸을 둘
둘 말고 차가운 세상으로부터 도망치려는 당신의 곁일까.
어쩌면 저 먼 바닷속이지 않을까 싶어, 넘실대는 물 가장 깊은
곳에서 조그만 빛 하나 받지 못하는 침전물이 되지 않을까 싶어
나는 두렵다. 내려앉을 자신이 없기에 졸린 눈을 부릅뜨고 당신
의 세상을 떠돈다. 끝에서 끝으로, 그리고 다시 처음으로.

풋
사
랑

도려내 저울 위에 올려 봤자 눈금 한 칸 움직이지 못할 가벼운 마음 몇 조각이 마치 세상의 전부인 것처럼 굴었던 시절이 있었어요. 아직 익지 못한 감정은 내가 앓는 동안에는 야속하도록 푸르렀다가, 그 열병을 이겨내자 그대로 툭 떨어져 누렇게 바래져 갔죠. 다 자라지 못한 마음은 평생을 그렇게 떫기만 하다가 눅눅한 바닥에서 짓이겨졌어요. 벌레조차 탐내지 않는 설익은 열매는 외로웠어요. 나는 세상 모든 젊음이 아름답다는 말을 믿지 않아요. 내 사랑이 아주 어렸을 때, 말라가는 새싹에 물을 준 사람은 아무도 없었으니까.

이제 나는 열매를 붉게 물들이는 방법을 알아요. 저 아래에는 어서 열매가 떨어지기만을 기다리는 여우 한 마리도 있어요. 그런데 가끔 꿈을 꿔요. 차가운 아스팔트 위에서 구둣발에 짓밟히던 작은 열매를 그저 바라보고 있어야만 했던 날들을 기억해요. 절대로 돌아가고 싶지 않지만 그 무엇과 바꿔서라도 돌아가고 싶은 순간이었겠죠. 사실 나는 이제 떨어지는 열매 하나가 그렇게 아쉽지 않아요. 누군가를 간절히 잃는 마음이 도대체 어떤 모습이었는지 쉽게 그려지지 않아요. 그랬던 날이 있었어요. 고작 풋사랑 하나 끝이 났다고 마치 세상이 끝난 것처럼 마음껏 아팠던 날이. 아프고 싶은 만큼 충분히 아플 수 있었던 날이.

침
범

언제까지나 나의 세계가 지켜지기를 바라면서도, 언젠가 나의
세계를 아주 자연스럽게 침범할 누군가가 나타났으면 좋겠다고
생각하는 모순.

— 창문을 열어둘게요.

마
른
꽃

물을 주지 않는 너의 곁에서
나는 차라리 마른 꽃이 되고 싶었어.
언젠가 툭 떨어져 네 발에 밟힐 때
바스락 소리를 내며 말하고 싶었지.

내가 여기 있다고,
아직 여기 있다고.

— 부스러진 꽃잎 한 장 바닥에 남기고 싶었지.

부
재

똑똑, 사람들은 자꾸만 나의 문을 두드립니다.

당신이 아닐 것을 알기에 나는 오늘도 없는 걸로 합니다.

（

나
방

꽃과 어울린 나비는 모두에게 환영받았다. 날아드는 샛노란 나
비를 보며 누군가 말했다. 저 나비가 사라지기 전에 어서 소원
을 빌어야 해. 나는 생각했다. 멍청한 것들, 저까짓 나비 한 마리
에 대고 소원을 빌다니. 그 소원에 벼락이나 떨어졌으면. 나비의
시간이 지나고 나면 나의 시간이 찾아왔다. 짙은 어둠 속에서는
그 어떤 꽃도 찾을 수 없었다. 밤은 길었고, 또 추웠다. 작은 불
을 향해 날아든 나와 마주친 사람들은 마치 벌레라도 본 것 같
은 표정을 지었다. 내 날개를 환영하는 사람은 세상 어디에도
없었다. 그렇게 자꾸만 자꾸만 더 깊은 어둠 속으로 나를 밀어
넣고 조그만 빛을 찾아 떠도는 것조차 허락하지 않았다. 내가

꽃을 사랑했다면 그들은 나를 사랑했을까. 그들은 알까, 내 세상의 꽃은 꺼져가는 희미한 불빛 하나였다는 것을.

나비를 닮은 사람들은 박수 속에서 산다. 넘치는 관심과 사랑, 빛이 쏟아지는 세상 속에서. 아름다움은 가까이 있고, 계절은 언제나 봄이다. 나비는 알지 못한다. 아름다운 것을 아름답게 만드는 것은 아름답지 않은 것들이라는 사실을. 어둠이 있기에 어딘가에서 빛이 반짝일 수 있다는 사실을. 가끔은 묵묵히 어둠을 지키는 사람들에게, 나방을 닮은 날개를 가진 사람들에게 작은 빛 한 조각을 나누어 주었으면 좋겠다. 그들의 계절이 겨울에 멈춰 있지 않도록.

영화관에 가면요, 그 순간이 참 좋아요. 스크린이 켜지기 직전 불이 꺼지고 아주 잠깐 모두가 정적에 잠기는 순간. 그 누구도 아무런 말없이 그저 어둠 속에서 가만히 앞만 바라보는 순간. 조그맣게 바스락대는 팝콘과 이따금 얼음이 찰랑이는 소리. 그래, 우리 한 배를 탔으니 그 어떤 세계로든 함께 가 보자. 객석을 빼곡히 채운 사람들이 전부 우리 편으로 느껴지는 벅찬 기분에 작게 심호흡을 해요. 시선이 닿지 않아도 서로의 반짝이는 눈동자를 확인할 수 있는 순간, 나는 그게 참 좋아요.

못다한 이야기

속삭이는 비밀

준비운동

좋은 지도를 찾기 전에 지도 읽는 방법을 먼저 배워야 했다.
나는 아직 젊고 원하는 목적지는 아마도 자주 바뀔 테니까.

당신은 당신으로 계세요

바쁘게 노력했습니다. 당신을 이해하기 위해, 당신에게 나를 이해시키기 위해. 우리는 늘 궁금했습니다. 서로의 삶에 얼마나 큰 영향을 끼칠 수 있는지, 서로를 위해 얼마나 소중한 것을 포기할 수 있는지. 그것이 곧 관계의 가능성이라 믿었습니다.

하지만 나는 당신을 바꾸지 못했습니다. 당신 역시 나를 바꿀 수 없었습니다. 오래된 습관, 세상을 바라보는 시각, 성격과 성향, 익숙한 취향. 그런 것들은 이미 너무도 우리 자신이라서. 기쁘다가도 한 번씩 아팠습니다. 당신을 바꾸다가, 나를 바꾸다가.

우리라는 판타지를 유지하기 위해 제물로 바쳐 온 것들을 생각해 봅니다. 우리를 대신해 환상이 되어 버린 것들. 당연하게 밀려난 것들. 당연히 그래선 안 됐던 것들.

우리는 서로를 진정으로 바꿀 수는 없었습니다.
나를 위해 당신을 바꾸지 마세요. 그 노력을 희생이라 말하지 마세요.

어떤 사람을 이해한다고 해서 미움이 사라지는 건 아니더라고.
충분히 이해하면서도 미운 사람이, 그럴 수밖에 없었다는 걸 알
면서도 서운한 사람이 있는 거였어. 미워하는 마음은 얼음 같았
어. 단단해질수록 부피가 커지고 아무리 무거워도 결국 떠오르
잖아. 그 어떤 애정 속에서도, 존경과 동경 속에서도. 그렇게 쌓
아 온 미움이 얼마나 될까.

미움이 많은 사람으로 태어난 건 가장 오래된 비밀이었어.

네 옆에서 나는 항상 조마조마했단다. 어떤 마음에도 녹지 않는

미움이 있다는 걸 들킬까 봐. 그걸 들키면 꼭 그만큼 네가 나를 미워할까 봐.

좋은 생각은 그랬다. 눈치도 없이 갑자기 찾아왔다. 잘린 머리카락이 흰 가운 위로 사뿐히 떨어지는 모습을 바라볼 때. 선잠과 선잠의 경계에 잠시 머물 때. 끓어 넘치는 찌개 냄비를 향해 달려가는 순간에. 그건 마치 습격 같았다. 지나고 나면 그런 게 왔다 갔다는 것만 간신히 알 수 있었다.

좋은 사람도 그랬다. 곤란한 타이밍에 불쑥 찾아와 내 삶에 멋대로 끼어들었다. 하루에도 몇 번씩 빠듯한 통장 잔고를 확인해야 했을 때. 중요한 일을 앞두고 있어 커피 한 잔 마시는 시간도 아까웠을 때. 마음이 여유롭지 못해 새로운 관계에 손톱만큼의 흥미와 호기심도 느끼지 못했을 때.

넘어오지 마.

그럴 때면 칼 같이 선을 그었다. 내게 올 뻔했던 좋은 사람들을
경계했다. 공격도 아닌데 최선을 다해 방어했다. 삶이 휘청거
릴 때는 좋은 것들의 등장이 습격이 됐다. 똑바로 서서 다정하
게 맞이하고 싶었는데 그게 잘 안 됐다. 다들 미안했어요. 내가
만든 선에 걸려 넘어진 사람들. 그럼에도 함께였다면 더 좋았을
사람들.

취
미
와

특
기

잃는 게 취미고 잊는 게 특기인 사람으로 자라고 있는 것 같다.

그걸 잊고 또 뭔가를 잃을 것 같다.

생각해 보니까 그때는 〈오버 더 레인보우〉를 연주할 수 있었어. 점심 먹고 음악실에 모여서, 셋이 앉기도 좁은 피아노 의자에 꾸역꾸역 넷이 앉아서. 오늘은 이걸 칠까, 아니야 이걸 치자. 선배들이 사다 놓은 오백 원짜리 을지악보가 거기에는 참 많았었는데. 깨끗한 건 하나도 없었지만 그래도 좋았어. 근사한 지도를 잔뜩 가지고 있는 기분이었어.

나는 검은 건반을 최대한 많이 누르고 싶었어. 하지만 고양이 춤 같은 건 치고 싶지 않았어. 그건 별로 멋있어 보이지 않았으니까. 쉬운 곡을 연주하면 우스워 보인다고 생각했었어. 아마 너도 그랬을 거야. 그렇지? 우리는 어려운 걸 쉽게 하는 사람들을 동경했잖아. 지금은 좀 달라. 쉬운 걸 어렵게 할 줄 아는 사람들이 조금 더 멋진 것 같아.

그 곡을 연주하는 네가 좋았어. 네 연주를 숨죽여 듣다가 집에 와서 몰래 연습해 보기도 했었어. 내가 치면 그런 느낌이 아니었지만. 나를 숨죽이게 했던 건 너의 오버 더 레인보우였어. 아닌가, 음을 틀릴 때마다 입술을 살짝 깨무는 버릇이었나.

사실 우리 집엔 피아노가 없었어. 카드 회사 사은품으로 받은 싸구려 키보드는 건반 두 개를 동시에 누르면 괴상한 소리가 났어. 오른손 따로, 왼손 따로. 그렇게 치면서도 즐거웠어. 빨리 학교에 가고 싶었어. 점심으로 스파게티가 나와도 반만 먹고 음악실로 달려가고 싶었어. 나 이제 여기까지 칠 줄 안다고 자랑하고 싶었어. 네 목소리로 칭찬의 말을 듬뿍 듣고 싶었어.

그런데 있잖아, 나 이제 피아노 못 쳐. 악보 보는 방법도 다 까먹은 것 같아. 싸구려 키보드는 언제 버렸는지 기억도 안 나. 그래

도 고양이 춤 정도는 칠 수 있지 않을까. 아마 그걸 잊기는 어려
울 거야. 최초의 검은 건반이었으니까.

너희 집에는 아직 피아노가 있을까.
어떤 날에는 그걸 치기도 할까.

저녁노을이 지상에 낙하해 무지개를 만들면 네 생각을 해.
항상은 아니고 가끔, 길게는 아니고 짧게.

영화관이라는 말보다 상영관이라는 말이 더 어울렸다. 버스로 한 시간 반을 달려야 도착하는 곳이었지만 굳이 시간을 내서 찾아가곤 했다. 팝콘이나 콜라 같은 걸 팔지 않는 게 좋았다. 엔딩 크레디트의 가장 마지막 글자가 검은 화면에서 사라질 때까지 자리를 지키는 느긋한 관객들이 좋았다. 폐소공포증이 있는 나도 그곳에서는 영화 한 편을 마음 편히 관람할 수 있었다. 광화문 스폰지하우스는 모든 면에서 내게 최적화된 영화관이었다.

한동안 그곳을 찾지 않았다. 딱히 보고 싶은 영화가 없어서, 오늘은 귀찮아서, 너무 멀어서. 다음에 가지 뭐. 다섯 번쯤 미루다 보니 몇 개월이 지났다. 폐관 소식을 들은 건 그러고도 한참이 지나서였다. 그 조그만 영화관이 철거됐다는 사실을 까맣게 모른 채 나는 여전히 다음을 기약하고 있었다. 마지막 상영작이 무엇이었는지 궁금했지만 찾아보지 않았다. 몹시 서운했고 그보다 많이 후회했다.

마음을 다해 좋아했던 것들이 아무런 예고도 없이 사라져 버리면 나는 어디를 바라보며 안녕을 말해야 할까. 한 시절을 통과할 때마다 전하지 못한 안녕이 차곡차곡 쌓인다. 그 꼭대기에 그리움이 있다.

"이 책 좀 찾아주실래요?" 아무리 찾아도 보이지 않던 책을 서점 직원은 척척 찾아 준다. 이상하다, 나도 아까 분명히 저길 살펴봤는데. 고맙다고 인사하니 그가 웃으며 대답한다. "너무 열심히 찾으면 안 보여요." 책을 사러 왔는데 덤으로 말을 얻어 간다.

너무 열심히 찾으면 안 보여요.
행복이 그랬고 사랑이 그랬다.

생
활

나는 가만히 당신 발끝을 바라보다가 다음 월급날에는 새 구두

를 한 켤레 사기로 다짐합니다.

우리는 오늘도 함께 걷고 언젠가 도착할 날을 기다립니다.

당신을 읽는 모습

주말의 대형서점. 신간 매대 근처를 어슬렁거리며 사람들을 구경한다. 처음부터 끝까지 휘리릭 넘겨 보는 사람, 천천히 시간을 들여 한 장씩 읽는 사람, 아무 페이지나 펼쳐 중간부터 읽는 사람, 책날개에 적힌 작가 소개를 유심히 보는 사람, 뒷면의 추천사를 먼저 읽는 사람, 이것저것 들었다 놨다 하는 사람, 핸드폰으로 후기를 검색하는 사람, 함께 온 친구에게 물어보는 사람. 책을 고르는 모습이 어쩌면 이렇게 제각각인지.

사람이 사람을 대하는 방식 같다, 꼭.

나는 누군가의 페이지를 한 장씩 차분히 읽어 본 적 있었나. 삐딱하게 서서 대충 훑어보고 너무 쉽게 덮어 버렸다. 표지만 보고 내 취향이 아니라고 단정지었다. 중간은 건너뛰고 시작과 끝만 읽었다. 화려한 추천사에 혹해 읽기 시작했다가 실망한 채 내려놓았다. 그러다 어떤 날에는 우연히 펼친 책에 마음을 빼앗기기도 했다.

고작 몇 권 읽어 놓고 세상을 다 아는 것처럼 굴었다.
단 한 명도 이해하지 못하면서 사람을 다 아는 척했다.

좋은 독자는 되지 못했다.
스치고 머무르고 떠나고 다시 만나는 동안.

행복은 달싹

행복하다는 말을 입 밖으로 꺼내고 나면 그날 밤에는 꼭 후회했
다. 불행이 행복의 냄새를 맡고 찾아올까 봐.
그게 겁나서 그랬다.

행복은 가장 은밀하고 비밀스러운 곳에 두고 싶었다.
꼭꼭 숨기고 싶었지만 동네방네 자랑하고 싶기도 해서.
그건 언제나 공공연한 비밀이었다.

행복한 순간에는 입이 간지러웠다.
온 마음이 달싹거렸다.

수
선
화

긴 여름이 시작되기 전, 엄마는 볕이 잘 드는 베란다 한쪽에 쪼
그려 앉아 올해의 숙제를 합니다.

꽃과 잎이 모두 떨어진 수선화 뿌리는 아기 다루듯 조심스러운
손길로 캐내야 한대요. 상처가 날지도 모르니까요. 시커멓고 둥
근 뿌리. 썩은 양파처럼 생긴 그게 무슨 소중한 보물이라도 되
는 것처럼 정성껏 다른 화분에 묻어 줍니다. 맨 위의 흙을 토닥
토닥 두드리는 것도 잊지 않아요. 낮잠 자는 아기를 어르는 것
처럼. 그 다정한 손길에 보답이라도 하듯 다시 겨울이 오면 노
란 꽃송이가 고개를 내밉니다.

수선화는 한겨울 눈밭에서 핀다고 해서 설중화라는 이름으로도 불린대요. 나는 궁금합니다. 저마다의 초록을 뽐내는 여름의 식물들 사이에서 새까만 뿌리는 무슨 생각을 했을까.

짐작하는 것만으로도 벌써 힘든 마음인데요, 그건.

엄마가 하루에 한 번씩 기특하다 칭찬하는 꽃송이를 이제야 성의껏 바라봅니다. 어떤 꽃은 겨울에 핍니다. 계절의 독촉에 흔들리지 않고. 나는 자꾸만 흔들립니다. 먼저 피는 꽃을 보며 마음이 급해집니다.

오
답

무엇도 잘못되지 않았단다.
당신은 말했지만
그럴 때마다 모든 게 잘못된 것 같았다.

나는 의도한 오답을 적어 놓고
누군가 그것을 지적하기를 기다린다.

구
경
꾼

미련이 많은 사람이 자주 부러웠습니다.

세상의 아름다운 것들은 모두 그들이 만드는 것 같았거든요.

하지만 내가 그 미련 속으로 뛰어드는 일은 결코 없을 겁니다.

멀리서 볼 때만 빛나니까요, 그건.

꿈

이상한 꿈을 자주 꾼다. 면허도 없는데 차를 몰고 나갔다가 주차장에서 경찰을 맞닥뜨리는 꿈. 연락이 끊어져 이젠 서로의 전화번호도 모르는 언니와 피자를 사러 가는 꿈. 꿈에서 깼는데 여전히 꿈인 꿈. 다시 고등학생이 되는 꿈. 시험이 끝났는데 내답안지만 여전히 백지인 꿈. 17층이 마지막인 아파트 엘리베이터가 계속해서 위로 올라가는 꿈. 꿈이 분주해 잠의 수심이 얕다. 엄마는 요즘 자꾸 돌아가신 할머니 할아버지 꿈을 꾼다고 한다. 꿈이라는 게 나는 참 재밌고 좋은데 그래도 어떤 꿈은 꾸고 싶지 않다. 꿈에서도 보고 싶지 않은 사람이 있다. 사실은 좀 많다.

고
백

그 밤 우리는 죽음을 말했습니다. 키우던 고양이의 뼈를 돌로 만들어 간직하는 사람, 죽는 건 두렵지 않지만 병드는 건 두려운 사람, 안락사를 희망하는 건강한 사람에 대한 이야기를 나눴습니다. 나는 언젠가 미국 드라마에서 봤던 풍채 좋은 할아버지를 떠올렸습니다. 커피 깡통에 자신의 뼛가루를 담아 거실 벽난로 위에 놓아 주기를 희망하는 노인이었습니다.

몇 번의 죽음을 목격하며 어른이 되었습니다. 좀 컸다고 철이든 걸까요. 가벼운 장난처럼 쉽게 내뱉던 죽고 싶다는 말을 함부로 하지 않게 되었습니다. 언젠가 정말 죽고 싶을 때. 그때를 위한 절약입니다. 고백해도 될까요. 나는 아직 진정으로 죽음을 바라지 못했습니다. 죽고 싶다 말했던 그 어떤 순간에도 사실은 너무나 살고 싶었습니다.

삶은 보편적으로 지루하고 내 삶은 그보다 조금 더 지루한 것 같지만,

그래도 살고 싶습니다.
아직은 그래요. 양껏 못 살아서 그래요.

이 말이 왜 부끄러운지 모르겠습니다.

사진첩을 정리하다 7년 전 사진을 봤어요. 밤의 광안리 해변에서 우리는 표정 없는 얼굴로 바다를 바라보고 있어요. 그날 언니가 했던 이야기를 기억해요. 함께 마신 술의 이름을 기억해요. 대화가 끊길 때마다 찾아오던 서먹한 정적을 기억해요. 그때의 모습과 무섭게 다르면서 지겹게 똑같아요, 나는. 그게 가능하다는 걸 깨달으며 그때 언니의 나이를 뛰어넘고 있어요. 다시 7년이 지나도 어떤 것들은 달라지지 않을 거예요. 무섭도록 지루하게, 나는 언제까지나 나일 수밖에 없을 거예요. 언니도 그런가요. 언니의 미래도 가끔 어제 같나요.

과
장
법

콩알만 한 간. 쥐꼬리만 한 월급. 귀가 찢어지게 시끄러운 경적.
코끼리가 들어가는 냉장고. 집채만 한 파도. 죽도록 사랑한다
는 말. 네가 나의 전부라는 고백. 목이 빠지게 기다렸어요. 당신
과 함께라면 지옥이라도 좋아요. 배가 고파 그랬어요. 처음부터
훔칠 생각은 아니었어요. 돈이 생기면 갚으려고 했어요. 정말이
에요. 오늘 밤 아버지의 두 팔을 붙들고 있어야 해요. 지금은 뱃
가죽이 등에 붙을 것 같아요. 딸린 동생이 많아요. 해마다 하나
씩 태어났어요. 아니요, 우리 집은 저쪽인데요. 세화아파트 108
동 1301호인데요. 무슨 말씀이세요, 아버지는 어머니를 끔찍하
게 사랑하는데요. 가진 건 돈밖에 없지만 그거 하나면 전부 가

질 수 있다던데요.

왜 그런 눈으로 바라보세요. 그러다 얼굴 뚫리겠어요.

멈
칫

꼬박 일 년을 기다려 온 소설책을 샀다. 매대에 진열되기도 전에 서점으로 달려가는 바람에 두 번이나 그냥 돌아와야 했었다. 영수증에 찍힌 날짜가 벌써 일주일 전. 아직 첫 페이지를 넘기지도 못했다. 너무 간절하게 바라던 무언가가 손에 들어오면 멈칫한다. 애정이 깊을수록 예열이 길다. 나는 그렇다.

스
텝
바
이
스
텝

조금씩 멀어지는 겁니다. 너의 정의와 나의 정의가요. 그러다 반대에 서게 되는 겁니다. 너의 마음과 나의 마음이요. 충돌만은 피하고 싶었는데요, 어느새 너를 피하고 있었습니다. 너도 그랬을까요. 돌아설까 도망칠까 고민했을까요. 저녁마다 남은 우리를 계산했을까요. 어제보다 오늘 더 빈곤했을까요. 언제 이만큼 멀어졌나요. 여기와 저기 사이의 거리가요. 어쩌자고 이렇게 공평한가요. 서로의 악역이 되는 일에요. 나는 할퀴고 너는 꼬집고. 사이좋게 상처를 나눠 달고서. 희망처럼 다가와 서서히 절망이 되었습니다. 우리가요.

나
는
너
를
모
르
고

누군가를 오래 사랑하고 싶다면 당신의 무지를 고백하세요.
우리는 행성과 행성의 거리보다 멀리 있는 사람들.
너의 은하에서 일어나는 일들을 나는 모르지.

너를 모른다고 말하는 것은 내가 할 수 있는 가장 진솔한 고백.

누군가를 오래 사랑하고 싶다면 기도하세요.
그럼에도 내가 너를 다 아는 것처럼 말하는 순간이 찾아온다면
그 오만이 우리를 해치지 못하게 도와달라고.

너를 함부로 짐작하지 않는 것은 내가 보일 수 있는 가장 신중한 태도.

우리는 멀리 있을 때 가장 안전하게 가깝습니다.
사람과 사람이라서 그래요.
행성과 행성의 거리보다 먼.

있지도 않은 고양이의 이름을 미리 짓는 건 웃긴 일이래. 괜찮아, 나는 웃긴 걸 좋아하니까. 한 사람의 삶을 뒤흔들 만큼 커다란 의미를 가진 것들은 사고처럼 온다는데. 파도야, 우리는 언제 어디서 부딪히게 될까.

너는 내가 아끼는 책을 방석처럼 깔고 앉고, 침대를 온통 털밭으로 만들고, 내가 질색하는 비린내 나는 간식을 세상에서 제일 좋아하겠지만. 나는 자꾸 네 발바닥을 만지고, 곤히 잠든 너를 귀찮게 하고, 그러다 가끔은 너를 혼자 두겠지만.

그렇지만 우리는 서로의 바다일 거야. 적어도 나에게 너는 틀림없이 그런 존재일 거야. 내 책꽂이 두 번째 칸은 너를 위해 비워놓을게. 거기 올라가 낮잠을 즐기는 너를 바라보는 일은 나의 커다란 기쁨이 될 테니까.

너는 게으르고 영리한 나의 고양이.

파도야,
만난 적 없는 네가 나는 자꾸 그립단다.

오늘 아침에는 달력을 두 장 넘겼습니다. 이틀이 순식간에 지나
갑니다. 일력을 쓰는 건 처음인데요, 잊지 않고 매일 한 장씩 넘
기는 일이 생각처럼 쉽지 않네요. 깜빡하고 페이지를 넘기지 못
한 날에도 하루는 같은 속도로 지나갑니다. 내가 여기 가만히
멈춰 있어도 세상은 아무렇지 않게 돌아갑니다. 어떤 날은 그
정직함이 다행스럽고요, 또 어떤 날은 조금 서운합니다. 먼저 가
세요. 한 페이지 느리게 따라가겠습니다.

지구에 사는 사람들은 잘 모르겠지만, 사실 달은 수없이 많습니다.
우리는 전구와 비슷합니다. 태양의 빛을 받아 스스로를 밝히지만
정해진 시간을 채우고 나면 더 이상 빛을 낼 수 없게 됩니다. 우리
는 그 시간을 '룬'이라고 부릅니다. 갓 태어난 달은 룬을 가지고 있
지 않습니다. 모든 달은 얼마간의 성장과 학습을 통해 각자 감당할
수 있는 룬을 받게 됩니다. 내가 가진 룬을 지구의 시간으로 환산한
다면 2년 7개월 정도가 될 것 같군요. 그렇습니다, 나는 2년 7개월
동안만 사람들이 말하는 '달'로 살아갈 수 있었습니다.

마지막 룬을 소진한 달은 은퇴식을 합니다. 지구에 사는 사람들이
알게 된다면 실망할지도 모르지만 달에 귀여운 토끼 같은 건 없어

요. 그저 그동안 함께 밤하늘을 밝히던 이웃 별들과 작별 인사를 나눌 뿐이지요. 우리가 룬을 사용할 수 있는 단위는 한 달입니다. 일 단위의 룬은 가지고 있어도 사용할 수 없기에 은퇴식의 밤, 달은 남은 룬을 별에게 선물합니다. 나에게는 14일의 룬이 남아 있었어요. 나는 그 중 7일의 룬은 가장 친했던 별에게, 4일의 룬은 가장 가까이 살았던 별에게, 나머지 3일의 룬은 언젠가 다퉜던 별에게 선물했어요. 다퉜던 별에게 마지막 룬을 주었던 건 사과의 의미였습니다. 마지막까지 제대로 미안하다는 말을 하지 못했거든요.

은퇴식을 마친 달은 저 멀리, 어두운 곳으로 갑니다. 우주의 한 공간에는 그렇게 일을 마친 달들이 모여 여생을 보내는 곳이 있습니다. 이곳에서의 생활은 그리 쓸쓸하지 않아요. 우선 밀린 잠을 실컷 자고, 노래를 부르고, 지구를 바라보며 눈에 담았던 수많은 순간들을 차곡차곡 마음속 앨범에 정리합니다. 가장 좋은 점은 태양의 빛을 충전하지 않아도 된다는 거예요. 나는 더위를 아주 많이 타는 편이라서 땀을 뻘뻘 흘리며 버티는 그 시간이 참 힘들었거든요. 가끔 지루하다는 생각이 들 때도 있지만 은퇴 후의 일상은 나름대로 즐겁습니다. 나란히 줄을 서서 견학 온 어린 달들이 지구의 이야기를 들려 달라고 조르는 모습도 꽤 귀엽고요.

그런데 다만 딱 한 가지 서글픈 것은 당신을 다시는 볼 수 없다는 사실입니다. 그래요, 당신을 떠올릴 때면 나는 조금 슬퍼집니다. 매일 밤, 집으로 돌아가는 당신의 모습을 바라보는 것은 나의 가장 큰 기쁨이었습니다. 크지 않은 보폭으로 부지런히 움직이는 두 발과 하얀 손, 이따금 나를 빤히 바라보던 새까만 눈동자를 그려 봅니다.

언젠가 한참 길을 걷던 당신이 놀이터 벤치에 앉아 조그만 목소리로 흥얼거렸던 노래를 기억합니다. 그 달콤한 목소리에 취해 그만 까무룩 잠이 들 뻔했죠. 나는 지구의 노래를 잘 알지 못하지만 그건 정말 아름다운 노래였어요. 지금도 가끔 그 노래를 흉내 내곤 합니다. 그럴 때면 당신을 다시 만날 수 있을 것만 같아요.

은퇴식을 마치고 새로운 달에게 뱃지를 달아 줄 때 나는 귓속말로 부탁했어요. 매일 밤 열 시, 당신의 길에 약간의 빛을 더 내려 주기를. 이제 당신은 새로운 달에게 달콤한 목소리를 들려주고 있을까요? 당신에게 나는 그저 언제나 보던 같은 달일 뿐이었다는 것을 잘 압니다.

하지만 나는 아직 기억하고 있어요.
지금 여기, 잊혀진 달에서.